CONTENTS

軍人令嬢は年下幼馴染が
可愛すぎて今日も瀕死です！

荒瀬ヤヒロ

illustrator 黒裄

プロローグ

石畳の上を走る馬車の窓から見える景色の中に、白い壁の壮麗な建物が姿を現した。

これから三年間、通うことになる学園を目にして口元に笑みが浮かぶ。

思わず身を乗り出すと、太陽の光が明るいオレンジ色の前髪をきらきらと輝かせた。

「ルクリュス、新入生は講堂で入学式だ。案内役の生徒会役員がいるはずだから、わからなかったら質問するんだぞ」

同乗する兄が言う。

「わかってるよ。兄様」

ふふっと笑って振り向く。

「心配しないで。僕だってゴッドホーン家の息子だもの、しっかりやるさ」

胸を張ってそう言い、再び窓の外に目を向けた。抜けるような青空の下にそびえる白亜の学園を、溶かした飴《あめ》のような色の瞳《ひとみ》でみつめる。

「そう……しっかりと、捕まえてみせるよ……」

兄には聞こえぬ声でそう呟《つぶや》き、目の前に迫る学園の門を見上げた。

＊＊＊

ケルツェント王国のゴッドホーン侯爵家は何人もの将軍を輩出した名門中の名門貴族である。

その家に約五十年前に生まれたガンドルフ・ゴッドホーンは、心身頑健で身の丈は誰よりも大きく筋骨隆々で、大の男を片手で担《かつ》げるほど。さらには剛胆にして勇猛果敢、まさに勇者と呼ぶにふさわしい人物であった。

彼は戦場で幾度も武功を立て、王家からの信頼篤《あつ》く、ついには第二王女を妻とする栄誉を賜った。

儚《はかな》げで華奢《きゃしゃ》な第二王女は、しかし見た目によらず強い心を持つ凛《りん》とした婦人であった。

彼女は嫁《か》してまもなく第一子を身ごもり、ガンドルフに父親そっくりな丈夫な嫡男《ちゃくなん》をもたらした。

翌年に生まれた次男もまた父親似で、それに続く三男、四男、五男、六男、七男……すべて父親似の立派な男の子であった。

子供達は成長するとますます父親そっくりの、身の丈大きく筋骨隆々《きんこつりゅうりゅう》な剛勇となった。

そのあまりの迫力に、人々はいつしかゴッドホーン侯爵家を『岩石侯爵家』と呼び出した。

さて、岩石侯爵家ことゴッドホーン家の当主ガンドルフは、見た目は岩石そのものの大男であったが、己《おのれ》とは正反対の小さく愛らしいものが好きだった。

彼は小動物を愛し、小さな子供も大好きだったのである。

それはもう、できればずっとみつめていたい。可能ならば撫《な》でたい。泣かれないなら抱っこしたい。心にそんな願望を抱えていた。

だがしかし、岩石のごとき大男である彼は、見た目の厳《いか》つさゆえに小動物には逃げられ、他人の子供には泣かれるのが常であった。

ゆえに彼は、妻に似た可愛《かわい》くて小さい子供が欲しかった。

もちろん自分に似た息子達のことも心の底から愛していたが、それでもやっぱり、妻の愛らしい容姿を受け継いだ天使のような子供が欲しかったのである。

口に出しては言えぬその願いを、妻となった王女は悟っていたのであろうか。

彼女はやがて八番目の子供——末っ子のルクリュスを産んだのだった。

第1話　麗《うるわ》しの侯爵令嬢は空に吠える

王立学園の入学式。

スフィノーラ侯爵家の娘テオジェンナは、生徒会に所属する二年生として新入生の案内役を務めていた。

スフィノーラ家はゴッドホーン家と並び武勇を響かせた軍人家系であり、テオジェンナもまた他家の令嬢のようなドレスは纏《まと》わず、颯爽《さっそう》と騎士服を着こなす麗人であった。

「あれがスフィノーラ家のテオジェンナ様……」

「噂《うわさ》に違《たが》わず、気高くお美しい……」

令嬢達は噂に聞く麗しの君《きみ》の勇ましい姿に、頰《ほお》を染めて溜め息を吐く。

「テオジェンナ。また貴女のファンが増えそうね」

周囲の浮《うわ》ついた空気を読み取ってくすくす笑いを漏らすのは、テオジェンナの友人である公爵令嬢ユージェニー・フェクトルだ。

美しく優雅な仕草で小首を傾《かし》げるさまは完璧《かんぺき》な淑女そのものだが、テオジェンナは顔をしかめて友人を見やった。

「よしてくれユージェニー。からかわれるのは好きではない」

「あら、ごめんなさい」

ちっともすまないと思っていなさそうなユージェニーは、凛々《りり》しい友人の顔を見上げて美しく微笑《ほほえ》む。

「でも、いつも冷静な貴女が今日はやけにそわそわしていたから気になって」

その言葉に、テオジェンナはぎくりと肩を震わせた。

心を乱さぬように努めていたつもりだった。だが、浮ついた気分を抑えきれていなかったようだ。テオジェンナは己の未熟さに恥じ入った。

「もしかして、どなたか気になる方が入学するのかしら？」

「そんなんじゃない！　私は何もっ……」

「あ」

ユージェニーの軽口にむきになったテオジェンナが否定しようとしたその時、新たに校門のほうから歩いてきた少年が短く声を上げた。


「テオ！」


鈴を転がすようなその声に、テオジェンナは雷撃に打たれたかのようにビクンッと全身を震わせた。

「久しぶり！　テオ！」

たたた、と軽い足音を立てて、小柄な少年がテオジェンナのもとへ駆け寄ってきた。

「テオ？」

背を向けたままのテオジェンナに、少年がくりっと小首を傾げる。

あどけない目で見上げられたテオジェンナは、ぎ、ぎ、ぎ、とぎこちない動きで振り向いた。

「……ルクリュス」

「テオ。会いたかったよー」

ルクリュスと呼ばれた少年は、純粋にテオジェンナとの再会を喜ぶ様子でふわっと微笑んだ。


「……っぐぅ！」

その笑顔を真正面から見たテオジェンナは胸を押さえて呻《うめ》いた。

「テオジェンナ？」

「な、なんでもない……平気だ」

戸惑いを浮かべるユージェニーにそう答えるテオジェンナだが、胸を押さえたままぎりぎりと歯を食いしばっており、平気な様子には見えない。息づかいも荒い。

ユージェニーはいぶかしげに眉《まゆ》をひそめた。

「そう？　それで、こちらの御方《おかた》は」

「あ、ああ。紹介しよう」

テオジェンナは背筋を伸ばし、きりりと顔を引き締めた。

「彼の名はルクリュス。ゴッドホーン侯爵家の子息だ。ルクリュス、こちらは私の友人であり王太子殿下の婚約者であられるユージェニー・フェクトル公爵令嬢だ」

「まあ。ゴッドホーン家の」

ユージェニーはわずかに目をみはった。

ゴッドホーン家の武勇は近隣諸国にまで響くほど。公爵家の人間であるユージェニーであっても、『王国の守護者』『ケルツェントの銀の盾』と呼ばれる侯爵家へは深い敬意を抱いていた。

テオジェンナの紹介を受けて、ルクリュスはユージェニーの前で畏《かしこ》まって礼を取った。

「ご紹介に預かりました。ゴッドホーン家の末子ルクリュスと申します。フェクトル公爵令嬢にお目にかかれて光栄の極みです」

やわらかい夕日のような色の髪がさらりと揺れた。

「こちらこそ。ゴッドホーン家の勇猛さと忠義は王国の宝と音に聞こえております。お会いできて光栄ですわ」

ユージェニーもドレスの端を持ち上げて挨拶《あいさつ》を交わす。

「勇猛と呼ばれるにふさわしいのは父と兄達にございます。私は見ての通り軟弱者でして。勇士と呼ばれる身にはなれぬと思い定め、せめてゴッドホーン家の恥とならぬよう勉学に励みたい所存です」

「まあ。さすがはゴッドホーン家の方ですわ。素晴らしいお心ばえです」

少年の殊勝《しゅしょう》な物言いに、ユージェニーは温かな微笑みを浮かべた。

そわそわと落ち着かない気分でその様子をみつめていたテオジェンナは、

「で、では、ルクリュス。もうじき入学式が始まるので、我々はこれで」

とユージェニーを促してその場を立ち去ろうとした。

それを、ルクリュスが呼び止めた。

「テオ」

親しげな呼びかけと共に、春の日差しのごとく辺りの空気を暖めるようなやわらかい笑顔でルクリュスはこう言った。

「今日から同じ学校に通えるなんて嬉《うれ》しいよ。昔みたいに、テオと一緒に仲良く過ごしたいな。ふふ」

ことり、と首を傾げて溶けた飴のような瞳を緩ませる。

小さく手を振り、ふわりと軽やかな動作で身を翻《ひるがえ》し、ルクリュスは去っていった。

「ゴッドホーン家は皆様、体格のよろしい方ばかりと思っていたわ。ルクリュス様は王妹であらせられる侯爵夫人に似ていらっしゃるのね。……テオジェンナ？」

「——はうぅううぅぅっ!!」

ルクリュスの姿が見えなくなった途端、テオジェンナが頭を抱えて絶叫した。

「あーっ!!　可愛いいいいぃぃっ!!　私の小石ちゃんんんっ!!」

「……は？」

久方ぶりに再会した幼馴染《おさななじみ》の愛らしさに悶《もだ》えるテオジェンナには、呆気《あっけ》に取られる周囲を省《かえり》みる余裕などなかった。

＊＊＊

テオジェンナ・スフィノーラは質実剛健のスフィノーラ家に生まれ、父や兄と共に武芸で身を立てるべく幼い頃から鍛錬《たんれん》をかかさなかった。

そんなテオジェンナがルクリュス・ゴッドホーンと出会ったのは、テオジェンナが七歳、ルクリュスが六歳の時であった。

互いに武門で覇《は》を競う好敵手でありながら、テオジェンナの父であるスフィノーラ家当主ギルベルトとゴッドホーン家当主ガンドルフは仲が良かった。

タウンハウスが近かったこともあり、ルクリュスの六歳の誕生パーティーにはギルベルトと子供達も招かれたのだ。

父に連れられて初めて足を踏み入れたゴッドホーン家で、テオジェンナは幼心に緊張していた。

ゴッドホーン家の兄弟は見かけたことがあった。まさに勇者と呼ぶにふさわしい剛勇揃《ごうゆうぞろ》いで、軍人を目指す幼いテオジェンナにとっては憧《あこが》れであった。

だから、その家の末子もまた、上の七人と同じく『岩石侯爵家』の名にふさわしい体躯《たいく》の持ち主であると思っていた。


そんなテオジェンナの前に現れた岩石侯爵家の八男、ルクリュス・ゴッドホーンは、岩石ではなく『小石ちゃん』であった。

オレンジに近い甘やかな赤毛と、とろりと溶けた飴のような琥珀色《こはくいろ》の瞳。同年齢の子供よりも一回り小さい身体。あどけない表情。ことり、と首を傾げる愛くるしい仕草。

――――天使がそこにいた。

ルクリュス・ゴッドホーンは母親似であった。父親に似ている箇所は皆無であった。

岩石のごとき父と兄達に囲まれて、ぽちりと立つ小柄な身体。大きな瞳で見上げてくる仕草。愛らしさだけをぎゅっと詰め込んで、ふんわりとリボンをかけたような男の子。それがルクリュス・ゴッドホーンだった。

そんなルクリュスを、父であるガンドルフは溺愛《できあい》した。

いや、父だけではない。兄達もこの小さくて愛らしい弟を可愛がった。

筋骨隆々のゴツゴツした男どもが小さな小さな末っ子を可愛がる姿から、いつしかルクリュスは『岩石侯爵家の小石ちゃん』と呼ばれるようになっていた。


そして、そんな小石ちゃんに心を奪われたのは、父や兄達ばかりではなかった。

軍人家系に生まれたテオジェンナは、同じ年頃の他の令嬢がお人形やドレスに夢中な時に、足腰を鍛え剣を振るう練習をしてきた。

厳格な家風は家の中の空気をも常にきりりと引き締め、質素倹約を旨《むね》とする生活は無駄なく整えられていた。

骨の髄《ずい》まで軍人気質の父は、テオジェンナのことも兄と同様に育て、剣を持たせ、甘えを許さなかった。

令嬢としてではなく騎士として育てられ、可愛いものなど周りにはなかった。

そんな七歳の少女の心は、一目見た瞬間から『小石ちゃん』に撃ち抜かれてしまったのである。

＊＊＊

「はううう〜!!　一年ぶりに会った小石ちゃん！　相変わらず可愛い〜!!　可愛すぎる〜っ!!　かわ、かわ、かわかわかわかわいい〜っ!!　はーんっ!!」

学園の生徒会室にて、生徒会長たる王太子はじめ名だたる高位貴族の令息達は、いつもはストイックな侯爵令嬢が頭を抱えて床を転げ回る様を声もなく見守った。

「要するに、幼馴染の男の子のことが好きすぎてこうなっているということか？」

「そのようにございます」

王太子レイクリードの質問に、ユージェニーは目を伏せて頷《うなず》いた。

「いや、人が変わりすぎでしょう」

「いつも毅然《きぜん》として誰より冷静な方だと思っておりましたが……」

「こんな一面があるとは」

生徒会の面々の視線をものともせず、テオジェンナは床に転がったまま呟いた。

「はあ〜……私の可愛い小石ちゃん……」

うっとりと頬を染めるその姿は、まさしく恋する乙女《おとめ》のものだった。

床にへばりついてさえいなければ、だが。

この世で一番愛らしい生き物は何？　と尋ねられたら、テオジェンナは迷うことなく『小石ちゃん』と答える。

むしろ、他の選択肢などない。どこのどいつだ、小石ちゃんと同じ土俵に上がれるだなんて思い上がっている輩《やから》は。滅《めっ》す。

「はあ～、今日から小石ちゃんが同じ学校だなんて……ひ、一つ屋根の下に小石ちゃんが生息している⁉　あの愛らしい手足で廊下を歩いたり教科書をめくったりするというのか！　そんな、そんなのって……はあはあ」

「スフィノーラ侯爵令嬢の息が荒いのだが、私は生徒会長として王太子として、ゴッドホーン侯爵家の子息の安全をはかるべきか？」

レイクリードが傍《かたわ》らの腹心に意見を仰ぐ。

「今しばらくは様子見でよろしいかと存じます」

王太子の腹心である侯爵令息ケイン・ルードリーフが答える。

「はっ！　このままでは学園中に小石ちゃんの愛らしさが知れ渡ってしまう！　世界が小石ちゃんを知ってしまう！　授業中に可愛いお口を開けてこっそり欠伸《あくび》をする姿を目にして興奮する奴《やつ》がいるに違いない！　こ、小石ちゃんがよからぬ輩に視線で汚《けが》されぬよう、私が手を打つべきか……っ⁉」

「スフィノーラ侯爵令嬢が学園中の生徒の目潰《めつぶ》しを目論《もくろ》む可能性がある。私は生徒会長として王太子として、生徒の安全のためにスフィノーラ侯爵令嬢を拘束するべきか？」

「現時点で拘束は尚早《しょうそう》でしょう。言い逃れできぬ証拠を掴《つか》むためにも、今は泳がせておくべきかと」

学園の生徒達の安全を憂慮《ゆうりょ》するレイクリードに、ケインは冷静に答える。

「はあ……」

溜め息と共に、床に転がっていたテオジェンナが身を起こした。

ようやく我に返ったのかと思いきや、立ち上がったテオジェンナはすたすたと壁に向かい、思い切り自分の頭を打ちつけた。

「なっ、何をしている⁉」

「はあ……はあ……私としたことが」

テオジェンナは息を整えて、狼狽《ろうばい》するレイクリードに向き合った。

「大変、お見苦しいところをお見せいたしました」

「頭、大丈夫か……？」

「これしきの壁で傷つくほど柔《やわ》な者は我がスフィノーラ家にはおりません」

確かに、心なしか壁のほうがへこんでいるような気がするな、とレイクリードは思った。

「ならばいいが……えーと、それで、ルクリュス・ゴッドホーンとは婚約の話などは出ているのか？」

「はあうっ‼」

レイクリードの質問に、せっかく落ち着いたと思ったテオジェンナが胸を押さえてどさっと床に崩れ落ちた。

「こ、こ、こんにゃくなんて……こんにゃくなんて、できるわけないじゃないですか‼」

真っ赤になった顔を手で隠してテオジェンナが叫ぶ。

こんにゃくしろ、とは言っていない。婚約と言ったのだ。

レイクリードは心の中でそう思い、残念なものを見る目でテオジェンナを見下ろした。

＊＊＊

お人形もドレスも欲しいと思ったことがない。

テオジェンナは、自分は可愛いものに興味がないのだと思っていた。

だが、違ったのだ。

それまでのテオジェンナは、本物の可愛さを知らなかっただけだったのだ。

七歳のあの日、テオジェンナは本物の可愛いものの圧倒的な可愛さを知ってしまった。

あれから十年経《た》つ。ルクリュスは何も変わらない。可愛いままだ。

ただの幼馴染にすぎないテオジェンナにも幼き日と変わらない穢《けが》れなき無垢《むく》な笑顔を向けてくれるルクリュスの優しさに、テオジェンナの胸は温かな痛みを覚える。

だが、テオジェンナは自分がルクリュスに愛されようなどと、高望みをしたことはない。

小さく愛らしいルクリュスが岩石侯爵家の面々に囲まれて溺愛されているのを見ていて、テオジェンナは悟ったのだ。

武で身を立ててきた家。幼い頃より剣を持つことを定められた身。同年代の女の子よりも高い身長。幼いなりに身につき始めた筋肉。金色の髪を引っ詰めて男物の服を着ている自分。

テオジェンナもまた、カテゴリーで分類するならば岩石の部類であったのだ。

「わしが外でルクリュスを抱っこすると光の早さで憲兵が飛んでくるのだ」

肩を落としてそうぼやくガンドルフの言葉を聞いた時、テオジェンナは確信した。

小石ちゃんの隣に、岩石は似合わない。

小石ちゃんのような、この世の愛らしさをすべて集めて煮詰めたような存在の隣に立つのは、小石ちゃんほどではなくとも『世界で二番目くらいに可愛い子』でなければならない。

岩石な自分など、お呼びではないのだ。

テオジェンナは決めた。

この想いは胸の奥に封印し、自分は小石ちゃんにとってただの幼馴染、ただの岩石であろうと。


「だから、私は小石ちゃんの幸せを見守るだけでいいのですっ……」

テオジェンナは心からそう思っている。

「……生徒会室の床でのたうち回りながらそんなこと言われても……」

王太子レイクリードが困惑する。

同時に、その小石ちゃんとやらがどれだけ可愛いのか知らないが、常に凛として勇ましい侯爵令嬢をこんなふうにしてしまうほどなのかと、少し興味を抱いた。

「私もゴッドホーンの末子に会ってみたいな」

何気なく口にしただけであった。

が、次の瞬間、レイクリードの背後に殺気《さっき》が膨れ上がった。

一瞬で彼の背後に移動したテオジェンナが、獲物を前にした狂戦士の形相で唸《うな》り声を漏らす。

「……小石ちゃんに何用です……？」

（この圧力……、答えを間違えれば殺《や》られるっ……！）

レイクリードの持つ王位を継ぐ者としての直感は、正しく生命の危機を告げていた。


「落ち着きなさい、テオジェンナ」

ユージェニーがそっとテオジェンナをたしなめる。

「ルクリュス様は外見は可愛らしく見えても、あの武勇の誉《ほま》れ高きゴッドホーン侯爵家のご令息よ。貴女が必要以上に心配するのは失礼にあたってよ？」

「う……わ、わかっている。学園で小石ちゃ……ルクリュスに必要以上に構うつもりはない」

テオジェンナは胸を張って言った。

「私はただの幼馴染だ。自分の立場はわきまえている」

第2話　入学初日のキケンな出会い

新入生の入学初日だ。トラブルが起きないように、生徒会のメンバーは手分けして一年生の教室のある棟を中心に見回りをしていた。

テオジェンナもまた一年生の教室前をあちこちに目を配りながら歩いていた。

「あ、テオジェンナじゃねえか！　おーい！」

野太い声がして、後ろからどかどかと足音を立てて大男が駆け寄ってきた。

ガチガチに筋肉質な身体と強面《こわもて》の顔に、一年生達が怯《おび》えて道を開けている。

「ロミオ。何か用か？」

「可愛い弟の様子を見にきたんだよ！　どうせ、お前もそうなんだろ！」

がはは っ、と豪快に笑う大男は岩石その7ことゴッドホーン家七男、つまりルクリュスの兄である。

ちなみに、ゴッドホーン家では長男から七男までが岩石その1〜その7であり、父であるガンドルフは岩石その0・オリジンである。

「私は生徒会の仕事だ。ルクリュスのことを見にきたわけでは……」

「うっそつけ！　お前は昔っからルーにべったりだろうが！」

がははと笑うロミオは岩石侯爵家の岩石成分を余すところなく受け継いでいて、裏表のない性格で実に気持ちよくデリカシーのない男だ。

「なっ……べ、別にルクリュスにべったりしていたなんてことはっ」


「あ、ロミオ兄様。テオも。何してるの？」

教室から出てきたルクリュスが、兄とテオジェンナを見つけて嬉しそうに手を上げた。

テオジェンナは『びっくーんっ！』と肩を震わせた。

「おー、ルー。学園はどうだ？」

「まだ初日だよぉ。でも兄様もテオもいるから、心配していないよ」

ね？　と下から顔を覗《のぞ》き込まれて、テオジェンナは高鳴る胸を落ち着かせてから、ルクリュスのほうへ目を向けた。

「あ、ああ。お、幼馴染として、何かあれば力になる……」

言いかけて、ふと、テオジェンナはルクリュスの隣に立つ小さな姿に気づいた。

「あ。兄様、テオ。紹介するよ。同じクラスのセシリア・ヴェノミン伯爵令嬢」

「初めまして」

ルクリュスの紹介を受けて、セシリアと呼ばれた少女は深々と頭を下げた。


日の光にきらきらきらめく明るいエメラルドの髪に、夏の海のような青い瞳。白い肌とほんのり桃色に染まる頬。小さく華奢な手。

小柄なルクリュスよりもさらに小さい、掛け値なしの美少女だった。

テオジェンナは『ぴっしゃーんっ！』と雷に打たれたような衝撃を受けた。

（か、かわいいいいいいっ!!）

セシリアは妖精《ようせい》のような少女だった。

ルクリュスと並ぶと、まるでおとぎ話の幸せなラストシーンのようだ。妖精の国の王子様とお姫様は結ばれて幸せになりました。めでたしめでたし。

花が咲き誇り、小鳥が歌い、世界のすべてが二人を祝福し、やわらかな光が降り注ぐ。

そんな光景だ。

お似合い。

そう、お似合いだった。

ずっとずっと、テオジェンナが思い描いてきた『ルクリュスにふさわしい可愛い女の子』がそこにいた。


（ルクリュスの、運命の相手……）

そう考えると、テオジェンナの胸がぎゅううーっと締めつけられて痛んだ。

「テオ？　どうかした？」

「ふぐぅっん！」

「ふぐ？」

テオジェンナは胸を押さえて呻いた。

「な、なんでもない……はあはあ」

「そう？　顔色が悪いけど」

「大丈夫だ。問題ない。私は岩石その8……」

そう。自分は岩石だ。胸が痛むのなんて気のせいだ。岩石に痛む胸などない。

「ふんっ！」

もやもやした気持ちを振り切るように、テオジェンナは背筋を正した。

「な、仲のいい友達ができて、よかったな。ルクリュス」

「うん！　テオも仲良くしてね！」

「もちろんだ！　この命に代えても！」

「いや、そこまではしなくていいけども」

テオジェンナとルクリュスのやりとりを見て、セシリアがくすくすと笑った。

「仲がよろしいのですね」

花が綻《ほころ》ぶように微笑むセシリアを見て、また胸がぎゅうぎゅうと痛くなったが、テオジェンナはそれに気づかないふりをした。

＊＊＊

学園の生徒会室にて、生徒会長たる王太子とその側近の令息達は、いつもはストイックな侯爵令嬢が床にめり込むように倒れて屍《しかばね》と化している姿を見守った。

「それで、小石ちゃんとやらに親しい女子ができたから、こうなっているというわけか？」

「左様にございます」

レイクリードの質問に、ユージェニーが答えた。

「そこまで床にめり込むほど好きならば、婚約してしまえばいいのに……」

「殿下。乙女心は複雑なものなのでございます」

呆《あき》れて言うレイクリードをユージェニーが諫《いさ》める。

彼女は床にめり込むテオジェンナに向かって言った。

「テオジェンナ。その『お似合い』というのは、貴女が勝手に抱いた印象にすぎないわ。勝手に思い込んではお二人に失礼よ」

「うう……」

ユージェニーにたしなめられ、テオジェンナはよろよろと起き上がった。床がへこんでいる。

「し、しかし、実にお似合いな二人だった……わ、私は幼馴染として二人を祝福したい……」

「だから、勝手に決めつけてはいけないと言っているでしょう」

「うう～……」

自分で自分を岩石その8と言い張るわりには、ぐずぐずふにゃふにゃしているテオジェンナである。

＊＊＊

さて、ここで時間はしばし遡《さかのぼ》る。

テオジェンナが理想の小石ちゃんの嫁を見つけて衝撃を受ける一時間ほど前、一年生の教室にて。

「ゴッドホーン様。少々、お話してもよろしいでしょうか」

この世の愛らしさをこれでもかと詰め込んだような少女が、この世の愛らしさを煮込んで固めたような少年に声をかけた。

クラスメイト達は思わずそちらへ注目した。

何せ、このクラスで一、二を争う可愛い二人が言葉を交わそうというのだ。

それはもう、さぞかし愛らしい会話がなされるに違いない。甘い香りのお花の話とか綺麗《きれい》な泉の話とかそういう、愛らしくて清らかな会話が。

「私、まどろっこしいのが嫌いですの。単刀直入にお願いいたしますわ。ロミオ様と私が結ばれるように協力していただきたいんですの。その辺の有象無象の駄猫《だびょう》どもを押し退《の》けて、たくましく凛々しいロミオ様を私のものにするためなら手段は選びませんわ」

――――ん？

愛らしい少女の口からこぼれた言葉に、クラスメイト達は首を傾げた。

話しかけられた侯爵家八男は、花が咲き綻ぶかのような微笑みを浮かべて答えた。

「令嬢ともあろう者が直截《ちょくせつ》にすぎるね。兄上をものにしたいなら、生半可な覚悟じゃないということを証明してからにしてほしいな。それに第一、なんで僕が君なんかに協力しないといけないわけ？　そんな暇があるなら蟻地獄《ありじごく》の観察でもしていたほうがマシだよ」

——んん？

愛らしい少年の口からこぼれた言葉に、クラスメイト達は眉間《みけん》を押さえた。

「うふふ。代わりに私も協力して差し上げますわ。スフィノーラ侯爵令嬢といつまでたっても婚約に持ち込めない情けない貴方様に」

「ははは。余計なお世話だよ。テオの父親には、何があろうと僕以外の男との婚約は阻止するという言質《げんち》は取ってあるんだ。しっかり言い含めてあるから心配ご無用だよ」

「まあ。それって、軍人であらせられるスフィノーラ侯爵様を足蹴《あしげ》にして、鞭《むち》を手に『わかってんだろうなぁ……？』と脅していた時のことですの？」

「さすがは『女郎蜘蛛《じょろうぐも》』との異名を取った伯爵夫人の娘だね。どこでその情報を掴んだのやら、油断も隙《すき》もないよ」

「いやですわ。お母様のは若気の至りですの。お忘れになって」

あはうふふと微笑み合う二人の姿はどこまでも清らかで愛らしい。

しかし、交わされる会話の内容は真っ黒であった。

「あはは。女郎蜘蛛の娘に大事な兄上が狙われているなんて、さしもの僕も戦慄《せんりつ》を禁じ得ないよ」

「うふふ。ゴッドホーン様ったら。外堀を埋めて獲物が落ちてくるのをじっと待っている蟻地獄みたいな恋をしている貴方様に狙われるよりマシですわ」

寒い。クラスメイト達は冷気を感じて腕をさすった。

愛らしき伯爵令嬢と、愛らしき侯爵令息。二人には共通点があった。

愛らしき少年少女の共通点、それは——

「ゴッドホーン様ったら、スフィノーラ侯爵令嬢様の前でその『腹黒』を隠し続けるなんてさすがですわ」

「またまたー。ヴェノミン伯爵令嬢の『腹黒』に比べたら、僕のお腹なんて生っ白くて恥ずかしいよ」

ルクリュス・ゴッドホーンとセシリア・ヴェノミン。

二人は『腹黒』であった。

腹黒同士、最終的に意気投合した二人は、在学中に互いのターゲットを落とそうと誓い合った。

それを知らぬテオジェンナは、腹黒二人を目にして悶えていたわけだ。

実に無駄なエネルギーを使ったものである。

生徒会室の床もへこみ損だろう。

第3話　腹黒vs腹黒！　朝の攻防

一夜明けて、眠れぬ夜を越えたテオジェンナは心に決めた。

もう二度と、ルクリュスの前で取り乱したりしない。

次に顔を合わせた時には、ルクリュスが可愛い少女との間に温かな恋を育むのを幼馴染らしく応援できるように心構えをしておこう。

「あ、テオ！　おはよう！」

「はあうっ‼」

校門をくぐった途端に、天から降り注ぐ光に包み込まれた清らかな花のごとき笑顔を目にしたテオジェンナはその場に崩れ落ちた。

「テオ⁉」

「おいおい、大丈夫かあ？」

驚いたルクリュスとロミオが駆け寄ってくる。

「だ、大丈夫だ。問題ない……」

テオジェンナは自らを叱咤《しった》して立ち上がった。岩石はこんなことでは砕けないのだ。

「お、おはよう。ルクリュス、ロミオ」

なんとか持ち直したテオジェンナは、岩石な兄と小石な弟と共に校舎に向かって歩き出した。

ルクリュスは一年生時の行事についてロミオに尋ねたりして楽しそうにしている。

その様子を横で見守って、テオジェンナは心が穏やかになっていくのを感じた。

こうして幼馴染として隣にいられればいいと、テオジェンナは思う。それ以上は望まない。

(そう。私はルクリュスの友として、彼の幸せを見守ることができればそれでいい)

改めてそう考えた。


その時、背後から小鳥の歌うような声で名前を呼ばれて、テオジェンナは足を止めた。

「おはようございます。スフィノーラ侯爵令嬢」

振り向くと、ふわふわとした綿菓子のような少女――セシリアが微笑みを浮かべて立っていた。

その足もとが砂利を敷いた地面などではなく一面の花が咲き誇る花畑でないのが不思議なほど、愛らしい少女だ。なぜ咲いていないんだ。こんなに愛らしい少女の足もとには常に花が咲いていないと駄目だろう。サボるな、花。

「ヴェノミン伯爵令嬢……お、おはよう」

脳内で花に駄目出しをしつつ、テオジェンナはセシリアに挨拶を返した。

セシリアはにっこり笑顔を見せた後で、ふいっとルクリュスとロミオに視線を移した。

すると、ルクリュスが急にロミオの腕を引っ張って、自分とロミオの立ち位置を入れ替えた。

テオジェンナの隣にルクリュス、その隣にロミオがいたのだが、ルクリュスはロミオを真ん中にしてセシリアと向き合った。

それを見て、テオジェンナは強い衝撃を受けた。

(こ、これは……好きな子に他の女の隣にいる姿を見られたくなかったということ⁉)

それ以外に、真ん中にいたルクリュスがわざわざ位置を変えた理由がわからない。

テオジェンナは身体の力が抜けそうになった。

（お、落ち着け。好きな子を前にした男子の行動として、別におかしくない。ルクリュスにも春が来たということだ……ぐすん）

失恋の悲しみに涙が出そうになるのを堪《こら》え、テオジェンナはルクリュスの様子を見守った。

「おはよう。ヴェノミン伯爵令嬢」

「おはようございます。ゴッドホーン様……」

言葉尻《ことばじり》で、セシリアはなぜか少し困ったような顔をした。

「あら。ゴッドホーン様と言いますとお二人のどちらを呼んでいるのかわかりませんね。もしよろしければ、ルクリュス様とロミオ様とお呼びしてもよろしいでしょうか」

うるうると目を潤《うる》ませてお願いされて、聞かない男がいるだろうか。

（私が男だったらどんなふざけた呼び方されても許しちゃううううぅぅっ‼）

テオジェンナは可愛さの波動を浴びて仰《の》け反《ぞ》って悶えた。

「ああ。かまわねえぜ」

「……もちろん！　いいよ」

ロミオはあっさりと了承し、ルクリュスは一拍置いてにこっと笑って頷いた。

「よかった。では、私のこともセシリアとお呼びください」

セシリアが嬉しげに笑って一歩近寄った。すると、ルクリュスが身体を傾けてロミオに寄りかかった。

急に寄りかかってきた弟に押されて、ロミオは二、三歩後ずさった。

「スフィノーラ侯爵令嬢のことも、テオジェンナ様とお呼びしても？」

「も、もちろん。問題ない」

セシリアに言われて、テオジェンナも迷わず頷いた。

「じゃあ、もう行こう。早く教室に入らなくちゃ」

ルクリュスが兄の腕を引いて校舎に向かって歩き出した。心なしか、早歩きだ。

(これは……まさか、早くセシリア嬢と二人きりになりたいのでは!?)

学年の違うテオジェンナとロミオは、校舎に入ればルクリュスとセシリアとは別れることになる。

せっかく好きな女の子といるのに、身内と幼馴染が一緒ではろくに喋《しゃべ》れないとでも思っているのかもしれない。

「うう……そ、それがルクリュスのためならばぁぁぁっ!!」

内心は悲しみで傷ついていたが、テオジェンナはルクリュスの恋のためだと自分に言い聞かせてロミオの腕を掴むと校舎に向かって走り出した。

「え？　テオ！」

背後からルクリュスの戸惑った声が聞こえたが、テオジェンナは振り向かずに校舎に飛び込んだ。

＊＊＊

突如、雄叫《おたけ》びを上げて走り去ってしまったテオジェンナと、彼女に引きずられていったロミオを見送って、ルクリュスとセシリアはその場に立ち尽くした。

「……ちょっと離れてくれるか。ひどい臭いだ」

「あら。淑女に対してあんまりなお言葉」

眉をしかめるルクリュスに、セシリアがにっこりと硬い笑顔を向ける。

「我が家のお抱えの薬師《くすし》が特別に調合した香りですのに」

「だろうね。甘ったるくて吐き気がするよ。この臭いを男に嗅《か》がせて、頭がふわふわになったところにつけ込んで巣穴に引きずり込むのが性質《たち》の悪い娼婦《しょうふ》のやり口なんだろう？」

「そんな違法薬物と一緒にしないでくださいな。これは合法の素材しか使っていない立派な香水ですのよ」

悪びれることなく言ってのけるセシリアに、ルクリュスは舌打ちをした。

確かに違法なものではないかもしれない。しかし、いわゆる『媚薬《びやく》』のたぐいであることに違いはない。そんなものを学園につけてくるとは、女郎蜘蛛の娘を甘く見過ぎていたようだ。

セシリアの正体を知っていて警戒しているルクリュスだからすぐに気づくことができたが、何も知らずに匂いを嗅いだ男はセシリアに引き寄せられてしまうだろう。

「ご心配なく。この香りの効果はあまり長く続きませんの。もうほとんど消えかけておりますわ。

私はただ、ほんの少しロミオ様に私のことを見ていただきたかっただけですの……」

セシリアは儚げな風情《ふぜい》でしおらしい態度を見せるが、ルクリュスはそんなものには騙《だま》されない。

腹黒の可愛い子ぶった演技ほど鼻につくものはない。同族嫌悪《けんお》というやつだ。

「蜘蛛女が男を食うやり方がどんなものか知らないけど、僕の兄上を薬だの術だのでたぶらかすのは全力で阻止させてもらうよ」

「あら、残念。先ほども、ロミオ様を風上に立たせて香りが届かないように邪魔してくれましたわね」

セシリアはじとりと横目でルクリュスを睨《にら》みつけた。

ルクリュスはふん、と鼻を鳴らしてさっさと教室に向かった。


セシリアはすっと笑顔を消して氷のような無表情になった。

（あの腹黒弟がいては、ロミオ様を籠絡《ろうらく》するのは難しそうですわね）

しかし、一度これと決めた獲物は逃さないというのがヴェノミン家の家訓である。セシリアはロミオをものにするのを諦《あきら》めるつもりはない。

（ルクリュス様の動きを封じるには……やはりテオジェンナ様に協力していただくほかありませんわね）

腹黒弟の唯一の弱点、テオジェンナ・スフィノーラを利用することを心に決め、セシリアは口角を持ち上げた。

＊＊＊

「ウサギはウサギの仲間と一緒にいるのが正しいんだ。ウサギをジャイアントゴーリランの檻《おり》に入れちゃ駄目なんだ。ジャイアントゴーリランがウサギと仲良くなっても、ずっと一緒にはいられない。平和な草原で生きるウサギと、荒れ地で生きるジャイアントゴーリランでは……」

「ジャイアントゴーリランは架空のモンスターだ。落ち着け」

生徒会室の隅っこで体育座りして壁に向かって喋っているテオジェンナの背中に、レイクリードが声をかけるが反応がない。

「また小石ちゃんと何かあったのか？」

「そのようです」

激しく落ち込んでいるらしいテオジェンナの様子に、生徒会室の面々は呆れて肩をすくめた。

そんなに好きなら告白すればいいのに、と思うのだが、テオジェンナ本人は自分のようなジャイアントゴーリランは可愛いルクリュスには似合わないと思い込んで殻に閉じこもっている。

「共に軍部に君臨する二家で、身分的にも釣り合うのだから、二人がうまくいけば喜ばしいと思うのだが……」

ゴッドホーン家とスフィノーラ家の結びつきが強くなるのは王国にとっても歓迎できる未来だ。

レイクリードは王太子の立場からそう口に出すが、ユージェニーはふるふると首を横に振った。

「テオジェンナが『自分は彼にふさわしくない』と思い込んでいる限り、どうにもなりませんわ。

思い込みを捨てて、向き合わなければ」

「確かにそうだが……」

レイクリードは唸りながら壁に頭を打ちつけるテオジェンナの姿に、「無理じゃないか？」と呟く。ひびが入るのでやめてほしい。


「テオジェンナ。もう授業が始まるわ。教室に行くわよ」

「あ、ああ……」

テオジェンナははっと我に返って立ち上がった。朝の打ち合わせの時間だったというのに、自分が取り乱していたせいで皆の時間を無駄にしてしまった。

（まったく、情けない。こんなことで皆に迷惑をかけるだなんて）

自己嫌悪の溜め息を吐いて教室に向かったテオジェンナは、一時限目の授業を受けながら決意した。

（しばらくは、ルクリュスとは挨拶以外で言葉を交わさないようにしよう。向こうも忙しいだろうし……）

テオジェンナは自分が一年生だった去年のことを思い返した。慣れない学園生活は戸惑うことも多く、全然余裕がなかった。ルクリュスに会ったのもほぼ一年ぶりだ。

ルクリュスもきっとしばらくは学園に馴染むだけで手一杯で、年上の幼馴染の相手などしている暇はないだろう。

顔を合わせれば挨拶をして、用事がなければ会いに行かない。

学年の違うただの幼馴染としてはそれぐらいの距離感が適切だ。

そうすれば、ルクリュスが好きな女の子と仲良くなるのを見なくて済む。

一年も経てば、きっと笑顔でおめでとうと言えるようになっている。

そう自分に言い聞かせて、テオジェンナは心を落ち着かせた。

＊＊＊

ところが放課後、生徒会室へ向かおうとするテオジェンナのもとへ、セシリアが訪ねてきた。

驚くテオジェンナに白い封筒を差し出してにっこりと微笑むセシリアは、まさに花の妖精のごとき愛らしさだった。

「くっ……私の一番は小石ちゃんの可愛さ……けど、これはこれでっ」

「どうかなさいましたか？　テオジェンナ様」

胸を押さえて顔を背けるテオジェンナに、セシリアが首を傾げる。

「い、いや、なんでもない……それより、なんの用かな」

「はい。実は、テオジェンナ様をお茶会にお誘いしたくて」

入学したばかりの一年生の女子には、ルールを学ぶために友人や知り合いを招いてお茶会を開くことが推奨されており、学園内にはそのためのスペースも設けられている。

だから、セシリアがお茶会を開こうとするのはおかしいことではない。

しかし、テオジェンナは自分が招待されたことに驚いた。

「お恥ずかしながら、私はお友達が少なくて……知り合ったばかりで無礼かもしれませんが、ぜひテオジェンナ様とお友達になりたいのです」

恥ずかしそうに頬を染めてもじもじと見上げられて、断れる人間がいるだろうか。

ルクリュス一筋のテオジェンナではあるが、セシリアの可愛さはこれはこれで別腹だった。

「私でよければ！」

「わあ、嬉しい。ありがとうございます〜」

セシリアがぱあっと笑顔を輝かせた。

テオジェンナはあまりのまぶしさに目を押さえた。

「ジャイアントゴーリランにそんな可愛い笑顔を向けてはいけない！　ウサギの楽園に帰れ！」

「ジャイアント……？　ええと、それでテオジェンナ様にお願いがあるのですが」

セシリアはテオジェンナに渡したのとは別の封筒を取り出した。

「お茶会にはルクリュス様とロミオ様もお呼びしたいのです。それで、この招待状をロミオ様に渡していただけないでしょうか」

「ロミオに……？」

テオジェンナは呆然としながら封筒を受け取った。

セシリアのお茶会。

ルクリュスならば、招かれても違和感がない。

二人が仲良くお茶を飲んで語らう光景はまさにおとぎ話さながらだろう。妖精のお茶会だ。

だが、そこにテオジェンナとロミオが加わったら。

（さながら、妖精のお茶会に乱入する二匹のゴブリン……！）

テオジェンナはそこに潜む危険性に気づいて青ざめた。

＊＊＊

家に帰ってすぐにテオジェンナに呼び出されたロミオは、首を傾げながらスフィノーラ家を訪ねた。

「よお、テオジェンナ。どうした？　お前がルーじゃなくて俺に用なんて」

「ロミオ」

庭の真ん中に立っていたテオジェンナが、真剣な顔つきで振り向いた。

「よく聞いてくれ。我々に深刻な事態が迫っている」

「深刻な事態？」

ロミオは眉をひそめた。

テオジェンナの表情は張りつめていて、冗談を言っているとは思えない。

「いったい何が……」

「実は、三日後の放課後、茶会に招待された」

テオジェンナが差し出してきた封筒を受け取って、ロミオはますます困惑した。

ロミオとて侯爵家の人間だ。茶会に招かれるのは初めてではない。

今の時期は新入生が友人知人を招いて茶会を開く。それに慣れてきたら今度は上位の家や懇意にしたい者を招くようになる。

弟のクラスメイトの令嬢が、弟を通じて知り合った兄と幼馴染の令嬢を招くのはごく自然な流れだ。

「この茶会がどうしたんだよ？」

封をひらひらさせて問うと、テオジェンナは切れ長の瞳をぎらりと光らせた。

「これはただの茶会ではない。生きて帰りたければ、今から十分な備えをしておかなければ！」

「ええ？」

ロミオは思わず差出人を確かめた。

セシリア・ヴェノミン。

特に変わったところのない令嬢だと思ったし、ヴェノミン伯爵家の悪い噂を聞いたこともない。

テオジェンナが何をそんなに警戒しているのか、ロミオには見当もつかなかった。

戸惑いを浮かべるロミオの前で、テオジェンナは力強く言い放つ。

「早速、今から特訓を開始する！　茶会から生きて帰るために！」

「特訓ていったい何をするんだよ？」

茶会の危険性については理解できないまま、とにかくテオジェンナが特訓が必要だというなら付き合ってやろうとロミオは尋ねた。

「そうだな。まずは茶会の席に着く前に、周囲の物陰や茂みに弓兵が潜んでいないか見極める訓練だ」

学園のお茶会用スペースにそんなものが潜んでいるわけがないのだが、テオジェンナは真剣だった。

「妖精のお茶会に屈強なゴブリンが交じるんだ。妖精を守るという大義名分で弓を射かけられる恐れは十分にある。王国騎兵が攻めてきたって驚かない」

「いや、驚くわ！」

王国騎兵は軍部の中でも精鋭揃いの部隊だ。

ちなみに現在部隊を率いているのはゴッドホーン家嫡男ジークバルドだ。

彼が弟達の参加する茶会に攻め込んでくる理由が何もない。

というか、茶会に参加しただけで退治されてたまるか。

「というか、ゴブリンってなんだよ？」

ロミオは目の前の幼馴染が弟に首ったけなのを知っているが、弟とその友人を『可愛い妖精』と例えて自分を『屈強なゴブリン』と卑下する心理は理解できなかった。

「俺、ゴブリンじゃねえから帰るわ。お前も早く正気に戻れよ」

テオジェンナがルクリュス絡《がら》みのことで暴走するのは昔からよくあることだったので、ロミオはあまり気にせずに家に帰った。

どうせ、あれこれ思い悩んでいてもルクリュスの笑顔を見れば頭の中身なんか全部吹っ飛んで身悶えるのだ。テオジェンナの発作なんか見慣れている。

「ま。ルーが可愛すぎるから仕方ねえよな」

「弓兵が⁉」

ゴッドホーン家の岩石どもは、基本的に全員が末っ子の小石に甘々であった。

なので、テオジェンナの暴走はさほど異常なことだとは思っていない。

そのため、テオジェンナがルクリュスの可愛さに泣いたり叫んだり倒れたりしても、「いつもの発作か。しょうがないなあ」で済まされてきた。

そのことを王太子レイクリードが知ったなら、「もっと早くなんらかの対処をしてくれていたら、ここまで重症化しなかったかもしれないのに……」と頭を抱えたかもしれない。

第4話　岩石令嬢の苦悩と祈り

（ああ……！　明日の放課後は妖精のお茶会だ！　私はいったいどうすれば……っ）

茶会の前日、テオジェンナは緊張のあまり何も手につかなかった。

なにせ普通の茶会ではない。この世で一番可愛い小石ちゃんが招かれた愛らしい妖精のお茶会なのだ。小鳥やリスも遊びに来るかもしれない。

「どうしよう。私みたいなジャイアントゴーリランが妖精の淹《い》れてくれたお茶を飲んだりしたら、可愛さの波動に耐えきれず身体が爆発するかもしれない……いや、お茶を飲むところまでたどりつけるか？　お茶会の清らかで愛らしい空気を浴びただけで身体が溶けてしまう可能性も」

ここに至るまでに「そんなことあるわけがないだろう」と王太子以下生徒会の面々から三十回ぐらい突っ込まれているのだが、テオジェンナの耳には届いていなかった。

「ああ、どうしよう！　お茶会はもう明日だ！　幼馴染がいきなり溶けたり爆発したりしたら、小石ちゃんを驚かせてしまう！」

万が一本当にそんなことが起こったら、驚くどころで済むわけがないのだが。

「茶会の最中に溶けたり爆発したりしては、招いてくれたセシリア嬢にも申し訳がない。いったいどうしたら」

放課後の教室で己の末路を想像していたテオジェンナは、窓から空を眺めて溜め息を吐いた。

「すべては清らかで愛らしい茶会にふさわしくない私が悪いのだ。しかし、茶会が終わるまで、なんとか形を保ったまま耐えなくては」

ここにレイクリードがいたならば、「形を保ったために耐えなければならない茶会ってなんだ⁉」と突っ込んでくれただろうが、残念ながら放課後の教室にはテオジェンナ以外誰もいなかった。

ちなみに、実際は妖精ではなく腹黒な少女が茶を淹れるので、愛らしさはともかく清らかさは大したことないだろう。皆無かもしれない。


「ふう……」

肩を落としたテオジェンナは目線を下に向け、眼下に広がる中庭を見下ろした。

見事な薔薇園《ばらえん》と美しい芝生《しばふ》、そして小さな聖堂がある。

聖堂にはいつも穏やかな老神父《ろうしんぷ》がおり、祈りを捧《ささ》げにくる生徒達の悩みを聞いてくれる。

「そうだ！　聖堂で邪気を祓《はら》おう」

少しでも身の穢れを落として、明日の茶会に望もう。

テオジェンナはそう考えて聖堂へ向かった。

＊＊＊

聖堂の扉はいつでも開けられている。生徒が誰でも気軽に入ることができるようにそうしているのだと、以前老神父と顔を合わせた際に語られた。

聖堂には幾度か訪れたことがあるため、テオジェンナはためらうことなく足を踏み入れた。

神父の姿が見当たらなかったので、祭壇に向かって膝を折り真剣に祈りを捧げる。

(どうか、明日の茶会が無事に終わりますように……小石ちゃんが笑顔でいられるなら、私は腕の一本ぐらい吹き飛んでもかまいません！)

テオジェンナは基本的に重い女である。


顔を上げることなく祈り続けていると、不意に後ろから声をかけられた。

「ずいぶん熱心に祈っておられますね」

若い男のやわらかい声音《こわね》に驚いて振り向くと、法衣《ほうえ》に身を包んだ青年が立っていた。

「何か悩みごとでも？」

「え？」

テオジェンナは目を瞬《またた》かせた。

「あの、神父様は……？」

「ああ、クロウリー卿《きょう》は別の教会に移られました。もう高齢ですからね。暖かい地の小さな教会でゆっくりされるようですよ」

若い男は赤茶色の目を細めて微笑んだ。

「私は新任のコール・ハンネスといいます。よろしく」

「二年のテオジェンナ・スフィノーラです」

挨拶を交わすと、若い神父はじっとテオジェンナをみつめた。

「貴女は今、救いを求めていますね」

熱心に祈りを捧げていた姿を見られていたようだ。テオジェンナは少し決まりが悪くなった。

「よかったら、聞かせていただけますか？」

神父とはいえ初対面の相手に打ち明けるか少し迷ったが、明日に迫った茶会に追いつめられているテオジェンナは藁《わら》にもすがる思いで口を開いた。

「実は、私が清らかな人間じゃないせいで、明日の放課後に妖精の目の前で身体が爆発するかもしれなくて」

「なるほど。座ってゆっくり話しましょうか」

ハンネスは静かな口調でテオジェンナを促した。

長椅子《ながいす》に並んで腰掛けて、ゆったりと問いかけられたテオジェンナは胸にくすぶる不安を言葉にした。

「明日の放課後にいったい何があるのですか？」

「茶会に招待されたんです。その茶会では妖精のように愛らしい少女と、この世で一番可愛い小石ちゃんと、岩石その7とその8が一緒にお茶を飲むんです」

「それは楽しいお茶会になりそうですね」

「でも！　妖精のお茶会に岩石は似合わないんです！」

テオジェンナは拳《こぶし》を握りしめてそう訴えた。

「そうですか……しかし、その岩石を招いたのは愛らしい妖精なのでしょう？　でしたら、心優しい妖精は岩石が爆発するような危険物を茶会に持ち込んだりしないでしょう。安心して楽しめばいいと思いますよ」

　ハンネスは優しい口調でテオジェンナを励ました。

「確かに……爆発はしないかもしれません。けれど、私のような岩石が禊《みそぎ》もせずに妖精のお茶会に乗り込んだら、弓兵に射殺されても文句は言えないし……」

「いいえ、決してそんなことはありません。そんなことがもしも起こりえたら、誰もが貴女を守り弓兵を非難するでしょう」

「弓兵は悪くないんです！　彼らは妖精が傷つけられることを恐れただけでっ！」

　存在しない弓兵を慮《おもんぱか》って額を押さえて吠えるテオジェンナの肩に、ハンネスがそっと手を置いた。

「貴女はこんなにも真剣に自分が招かれたお茶会のことを考えている。自分を招いてくれた妖精が悲しい思いをしないようにと。そんな心優しい貴女には、十分に妖精のお茶会に参加する資格があると思いますよ」

　まっすぐに語りかけるハンネスだが、実は自分でも何を言っているのかよくわかっていなかった。とにかく何も心配しなくていいと伝えたくて、ハンネスは言葉を尽くした。

　聞いた限りでは詳しい事情はわからないが、普通にお茶会に行って普通にお茶を飲んで普通に帰ってこられると思う。少なくとも爆発はしないし弓兵も現れない。

「元気を出してください。明日のお茶会が楽しい時間になるように、私が神にお願いしておきますよ」

「神父様……」

テオジェンナは涙に潤んだ瞳でハンネスを見上げた。

今日出会ったばかりの自分に、真摯《しんし》に向き合ってくれる彼の誠実さに勇気をもらえた気がした。

（そうだな……あまり考えすぎると余計に動きが硬くなって、茶会の空気を壊してしまうかもしれない）

自分が原因でセシリアの初めての茶会を台無しにするわけにはいかないと、テオジェンナは決意を固めた。

「ありがとうございます、神父様！　私、頑張ってみます！」

くよくよしていても自分が岩石であることは変えられない。

岩石ならば岩石らしく、何が起きても動じないように心がけておこう。

見送るハンネスに礼を告げて、テオジェンナは聖堂を後にした。


テオジェンナが去った後、ハンネスはふうと息を吐いた。

「躾《しつけ》の行き届いた上品な貴族の子供ばかりかと思いきや、変わり種もいるんだな」

聖堂の扉を閉めたハンネスは、テオジェンナ・スフィノーラという名前を脳に刻んだ。

＊＊＊

テオジェンナがお茶会に備えて右往左往していた頃。

愛しの小石ちゃんことルクリュスはテオジェンナとは別の理由で頭を悩ませていた。

（あの女郎蜘蛛の娘……茶会で何か仕掛けてくるに違いない）

セシリアの目的はロミオだ。

茶会では必ずや距離を詰めてくるだろう。

「僕が兄様を守らなくては……けれど、テオもいるとなると蜘蛛女にばかりかかずらってもいられないな」

ルクリュスがテオジェンナの前だと本性を現すことができないと踏んで、茶会に招いたのだろう。ルクリュスはチッと舌打ちをした。

「舐《な》めやがって……いいだろう。受けて立ってやるよ」

ルクリュス・ゴッドホーンは基本的に売られた喧嘩《けんか》は買う主義である。

負けられない戦いが、始まろうとしていた。

第5話　茶会での攻防

そして、やってきたお茶会当日。

「とにかく余計なことはせずに普通にお茶を飲んで帰ってこい」と生徒会の面々に言い含められて送り出されたテオジェンナは、一階の茶会用スペースに向かった。

茶会用スペースは食堂の隣にある部屋で、事前に申請しておけば人数分の椅子とテーブルを用意してもらえる。

今日は他に茶会を開く生徒はいないのか、部屋にはテーブルが一つしかなかった。

「テオジェンナ様。ようこそお出《い》でくださいました」

テーブルの前に立ち、茶器の準備をしていたセシリアが振り向いてにこっと笑った。

「ぐうっ、まぶしい！」

「テオジェンナ様？」

早速、可愛さの波動を浴びて足の力が抜けそうになるが、根性で踏ん張る。

本番（小石ちゃん）の前に倒されてどうする。

「大丈夫だ！　問題ない！」

「はあ……」

セシリアは、ことりと首を傾げた。

その時、テオジェンナの背後からルクリュスとロミオの声が聞こえてきた。

「あ、テオ！」

「よう。お招き感謝するぜ」

テオジェンナに駆け寄ってくるルクリュスと、セシリアに向けてニカッと快活に笑い手を振るロミオ。

テオジェンナとセシリアの胸は同時に撃ち抜かれた。

「うっ」

「くぅ……」

小石と岩石の先制攻撃に、恋する乙女二人はいともあっさりと陥落した。

（駆け寄ってくる小石ちゃん……健気《けなげ》！　尊い！　可愛さの塊《かたまり》！　神はなぜ、こんな可愛い生き物を創ったのか⁉　私への挑戦か⁉）

（ロミオ様、やはり素敵だわ。ああ、そのたくましい胸に抱かれたい……）

身悶えするテオジェンナと、うっとりと頬を染めるセシリア。

恋する乙女達の頭の中にいい感じに花が咲き誇ったところで、茶会が始められた。

「改めまして、本日はお越しいただきありがとうございます」

挨拶と共に、セシリアが三人の前にお茶を置く。ふんわりといい香りが漂った。

「本日のお茶は、カルランズ産のものですわ。この国でよく飲まれているのはリーンドラ産の茶葉ですが、我が家では昔からカルランズ産を愛飲しておりますの」

セシリアがお茶の説明をして「どうぞお飲みください」と勧めてくる。

テオジェンナは勧められるままカップを持ち上げようとした。

だが、

「あっ！」

突然、ルクリュスが声を上げた。すわ弓兵が現れたか王国騎兵が攻めてきたかと身構えたテオジェンナは、ルクリュスが指差す方向を目で追った。

窓の外が目に入るが、特に変わったものはない。弓兵も騎士もいない。裏庭が見えるだけだ。

「ごめん。気のせいだった」

ルクリュスが「てへっ」と照れ笑いを浮かべた。何かを見間違えたらしい。

何事もなくて安堵《あんど》すると同時に、照れて笑う姿が可愛すぎてテオジェンナは椅子から崩れ落ちた。

「テオ？」

「い、いや、テーブルの下に何かいたような気がしたんだが、気のせいだった」

適当な言い訳をしつつ、テオジェンナは椅子に座り直した。誤魔化すようにお茶を一口飲むと、すっきりとした甘みとそれを引き立てるかすかな苦みが口内に広がった。

「よろしければ、お菓子もどうぞ。我が家のシェフ自慢のレシピですの」

セシリアがにこにこ笑顔で焼き菓子を勧めてくる。

シンプルなクッキーの真ん中に、何か小さな種のようなものが載っている。ナッツにしては小さいので、あれはなんだろうとテオジェンナは首を傾げた。

「わあ。美味しそう。いただきます」

真っ先に手を伸ばしたルクリュスが、ひゅう、と口笛を吹いた。

すると、開けていた扉から黄色い小鳥が三羽、音もなく飛んできてテーブルの上に着地した。

小鳥達は焼き菓子の上の小さな種をチュンチュンと嘴《くちばし》でつまんで、そして再び扉から廊下へと飛んで帰っていった。

「……なんだあ、今の鳥。どこから入ってきた？」

ロミオが首をひねる。

「たぶん、玄関から入ってきたんじゃないかな。きっとお腹が空いていたんだよ。だって、このお菓子とぉっても美味しそうなんだもの。小鳥達も飛んでくるぐらいの美味しさだなんて、ヴェノミン家のシェフは腕がいいんだねぇ」

ルクリュスがにこーっと笑顔でセシリアをみつめた。

「まあ、嬉しいですわ。鳥さん達に喜んでいただけて」

セシリアもうふふと微笑んでルクリュスをみつめる。

うふふあははと微笑み合う二人を目にして、テオジェンナの胸がずきりと痛んだ。

やはり、妖精のお茶会には小鳥が遊びに来るのだ。思った通りだった。

そんな優しいお茶会の雰囲気に、ルクリュスは完全に馴染んでいる。

セシリアと目を合わせて微笑み合う姿は一幅《いっぷく》の絵のようだ。おとぎ話の挿し絵のような美しい光景が目の前で繰り広げられている。

（やっぱり……小石ちゃんにお似合いなのは、セシリア嬢のような……）

胸がずきずきと痛んだ。

知らない間に隠れている弓兵に心臓を射抜かれていたみたいだ。

（何を今さら……わかっていたことじゃないか。小石ちゃん……ルクリュスには可愛い女の子と幸せになってもらいたい。それが私の幸せでもあるんだ）

テオジェンナは胸の痛みをやり過ごそうと、ぎゅっと唇を噛《か》みしめた。

＊＊＊

お茶会が始まり、セシリアの手でお茶が各自の目の前に置かれた時、隣に座るロミオがカップに手を伸ばそうとしたのを見て、ルクリュスは「あっ！」と声を上げた。

明後日の方向を指差してロミオとテオジェンナの目線を誘導し、その隙に、目にも留まらぬ早《はや》業《わざ》でロミオの前のカップとセシリアのカップを入れ替える。

「ごめん、気のせいだった」

笑って誤魔化すと、小さな呻き声と共にテオジェンナが椅子から崩れ落ちていった。

ルクリュスは微笑みを引きつらせたセシリアに向かって「ふん」と鼻で笑った。

（どうせ、お茶に何か仕込んでいたんだろう。蜘蛛女め）

惚れ薬だか媚薬だか、いずれにしろろくでもないものが入っているのだろう。

（まったく……僕だってテオに薬を盛ったことはないのに）

誰かに薬物を盛る計画を立てるのは、腹黒ならば誰もが一度は通る道だ。ルクリュスにも『世界の毒物辞典』を読みあさっていた時代がある。若気の至りだ。

別に人を死に至らしめたいという欲望があったわけではなく、単なる好奇心だ。他人を服従させる手段は持っておくに越したことがない。

しかし、考えるだけと実際に盛るのは天と地ほどに違う。好きな男にためらいもなく薬を盛るセシリアの度胸に、ルクリュスは音を立てないように口の中で舌を打った。

セシリアはルクリュスを軽く睨みつけてから、お菓子を勧め出す。

その焼き菓子に、飾りのように乗せられている小さな種を、ルクリュスは見逃さなかった。

(あれは……パレルの種！)

『世界の毒物辞典』にも載っていた。南方の国に咲くパレルという花の種だ。

口にしても死に至ることはないが、わずかに動悸《どうき》が早くなり酒に酔ったような状態になると書いてあった。弱い催淫《さいいん》効果もあり、南方の国では結婚式に夫婦が酒に入れて飲む風習があるという。

また、意中の相手に食べさせて、軽い酔い心地と湧《わ》き上がる衝動とで理性と警戒心が薄れたところを狙って口説いてモノにしてしまうという使い方をする者もいるらしい。

ルクリュスはぎりっと歯を噛みしめると、焼き菓子に手を伸ばすふりをして口笛を鳴らした。

すると、三羽の黄色い小鳥が飛んでくる。

こういう時のために普段から仕込んでいるルクリュスの秘密の手下だ。

ハンゾウ、サスケ、クモスケは、パレルの種を嘴にくわえて飛び去っていった。

(よしよし。後でご褒美《ほうび》をやろう)

ルクリュスは胸を撫で下ろして「邪魔すんじゃねえよ」という目で睨んでくるセシリアを見返した。

(ざまあみろ。そっちの思い通りにはさせねえぞ)

(余計なことすんじゃないわよ、このぶりっこ小僧)

うふふあははと笑い合いながら、互いに内心で相手を罵《ののし》る。

端《はた》で見ている者がいたら、笑顔でみつめ合う二人の周囲の空気が凍りついていることに震えたであろうが、愛らしさで目が曇っているテオジェンナと鈍感なロミオには、普通に仲良くしているようにしか見えなかった。

(だいたい、なんでアンタが私とロミオ様の間に座っているのよ。邪魔よ)

(お前が兄様に不埒《ふらち》な真似をしないようにだよ)

(あら？　てっきりテオジェンナ様の隣に座る勇気がない腰抜けなのかと)

(はっはっはっ。そんなわけがないだろう。僕達は仲良しの幼馴染だぞ。『弟のクラスメイト』としか認識されていない分際で、僕に大口を叩くなよ)

微笑み合ったまま、毒気《どくけ》を飛ばし合う。声は出していないのに、相手の言っていることが手に取るようにわかるのは、腹黒同士相通じるものがあるからか。

愛らしい笑顔の下で壮絶な駆け引きを繰り広げるルクリュスとセシリア。

そんな二人を見て胸を痛めるテオジェンナ。たぶん、世界で一番無駄な痛みである。

だが、テオジェンナは真剣だった。

みつめ合う二人の姿はまるでおとぎの国の妖精の恋人達のようだ。

ルクリュスの幸せのために祝福しなければと思うのに、見ているとつらくなってしまう。

これ以上は見ていられなくて、テオジェンナは目を伏せて二人を視界から追い出した。

（こんなんじゃ駄目だ。落ち着かなくては……）

テオジェンナは目を伏せたまま手を伸ばし、お茶のカップを持ち上げた。

「あ。テオジェンナ、それ……」

ロミオが何かを言いかけたが、テオジェンナは勢いよくカップを傾け、ぐいっとお茶を飲み干した。

一口では飲みきれなかったお茶の量に、一瞬、「あれ？　こんなに残っていたっけ？」と不思議に思った。

次の瞬間、テオジェンナの頭の中で何かが弾けた。

「ふへぇ？」

急に身体が熱くなって、ふわふわとした心地になった。目がチカチカする。

「あっ、テオジェンナ様？」

テオジェンナの様子に気づいたセシリアが焦《あせ》った声を上げた。

「カップを間違えておりますわ！」

テオジェンナは自分のカップと隣のセシリアのカップを間違えていた。セシリアのカップのお茶を一気に飲んでしまったのだ。

なんか入っているお茶を。

「ふは……あう、ごめん。うへへ、でもなんか楽しい気分〜」

テオジェンナはご機嫌になってへらへら笑った。

「おい、テオに何を飲ませた？」

「大したことありませんわ。ちょっと気分が昂揚《こうよう》して周りにいる異性が魅力的に見えるようになるくらいで……」

ルクリュスとセシリアがこそこそと囁《ささや》き合う。

テオジェンナはぽやんとする頭で二人を見た。

可愛い二人が、ひそひそ内緒話をしている。

なんの話をしているのだろう。

きっと、可愛い話題に違いない。

そう、たとえば——

『ねえ、知ってる？　クマさんが森のお友達をお招きしてお茶会を開いたんだって』

『小鳥さんが招待状を運んだのに、ヤギさんが食べちゃったんだよ』

『ウサギさんとネコさんはお茶会のためにクッキーを焼いていたよ』

『くいしんぼうなリスさんがよろこぶね。森の仲間はみんな仲良しなんだ』

「か」

「テオ?」

「か、か、可愛いぃぃぃぃぃ〜っ!!」

頭の中で繰り広げられた愛らしい会話に感極まったテオジェンナは、ルクリュスとセシリアに飛びかかると二人をぎゅうっと抱きしめた。

「テ、テオ……っ?」

「可愛い〜かわかわかわいい〜んうへへへ〜っ。可愛い小石ちゃ〜んっ。小石ちゃんと妖精がいるお茶会〜っかわいい〜この世で一番可愛いお茶会ら〜!」

テオジェンナは武勇を誇るスフィノーラ家の生まれである。

幼い頃から鍛えてきた彼女に力一杯抱きしめられては、小石と妖精の力では腕の中から抜け出すことは不可能だった。

『おいこら。異性が魅力的に見えるんじゃなかったのかよ? なんでお前まで……いてて』

『知りませんわ、そんなこと。あら、テオジェンナ様って着やせするタイプ……意外とふかふか』

『どこに顔埋《うず》めてんだコラ!』

『身長的に顔がちょうどこの位置なんですわー。不可抗力ですわー』

「かわ〜かわいい〜小石ちゃあ〜ん」

「ちょっと、兄様! テオを止めてよ!」

ルクリュス的にはテオジェンナに抱きしめられるのは役得なのだが、肩に押しつけられている自分と違い、腹黒な蜘蛛女がテオジェンナの胸に顔を埋めていることが気に入らない。

「んあ？　テオジェンナはいつもこんな感じだろ？」

ロミオはのんきに種がなくなったクッキーをぼりぼりかじっていた。

彼はテオジェンナの暴走など見慣れているので、今さら多少奇矯な行動を取ったところでなんとも思わない。

むしろ、お茶会前に弓兵だのゴブリンだのと妙な妄想に囚《とら》われていたことを思うと、今日のテオジェンナはずいぶん普通だな、と思っていた。

「んはあ〜っかわいい〜っ」

「ちょっ……いたたた。テオ、少し力をゆるめて……っ」

結局、薬が抜けるまでの三十分間、テオジェンナはルクリュスとセシリアを抱きしめ続けたのだった。

＊＊＊

朝、生徒会室に入ると、侯爵令嬢が壁に頭をめり込ませたまま静止していた。

「何があった!?」

「私も要領を得ないのですが、なんでも昨日のお茶会で、あまりの可愛さに錯乱して、いたいけな小石ちゃんと妖精を襲ってしまったらしくて……」

レイクリードの質問に、眉を曇らせたユージェニーが答える。

「だから、普通に茶を飲んで帰ってこいとあれほど言っただろう！」

「殿下。人は欲望に振り回される悲しい生き物なんすよ」

生徒会書記で生粋《きっすい》の女好きであるジュリアンがレイクリードの肩を叩いて首を横に振る。

「大丈夫ですか、テオジェンナ嬢。訴えられたりしていませんか？　『法廷で会おう』とか言われませんでしたか？」

会計のニコラスもテオジェンナのことを案じて声をかけるが、テオジェンナは沈黙したまま動かなかった。

「ほら、テオジェンナ。しっかりなさい」

ユージェニーが壁にめり込んでいるテオジェンナを叱咤した。

ようやく壁から頭を抜いたテオジェンナが、ふらふらと力なく立ち上がる。

「……私は、なんて罪深い所業を……二人を祝福するはずだったのに……我を忘れて一匹のケダモノと化し、愛らしく清らかな二人に力づくで薄汚い欲望を押しつけてしまうとは……」

「なんかとんでもないことやらかしたみたいに聞こえるからやめろ」

侯爵令嬢が侯爵令息と伯爵令嬢を襲ったなどという醜聞が広まったら学園の風紀が乱れる。レイクリードは頭を抱えて溜め息を吐いた。

「とにかく、謝罪をしてこい。誠心誠意」

「謝罪……」

テオジェンナはへにゃりと眉を下げた。

（そうだ。二人に謝らなくては……そして、伝えなくては。二人の未来を祝福すると）

欲望を抑えることもできない浅ましい自分を思い知った今、自己嫌悪でいっぱいになったテオジェンナは二人に謝意と祝福を伝えて、ルクリュスと完全に距離を置こうと決意した。


その日の放課後、テオジェンナは空き教室に二人を呼び出し、頭を下げた。

「昨日は申し訳なかった……」

「そんな、頭をお上げください」

「うん。別に気にすることないよ、テオ」

二人の優しさが胸に沁《し》みる。テオジェンナはぐっと唇を噛んだ。

「いや、私が茶会を台無しにしてしまった。本当にすまない」

「あら。とても楽しいお茶会でしたわ」

セシリアはにこにこして言う。

「ぜひ、またお誘いさせてください」

「セシリア嬢……」

どこまでも優しく愛らしい少女に、テオジェンナは目を潤ませた。それがおもしろくなかったのか、ルクリュスが二人の間に身体を割り込ませた。

「気をつけなよ、テオ。彼女はテオを利用するつもりなんだ」

「利用？」

首を傾げるテオジェンナに、ルクリュスはセシリアを睨みつけながら言った。

「彼女はロミオ兄様のことが好きなんだ。昨日のお茶会だって、ロミオ兄様を呼びたくて僕とテオを招いたんだよ」

思いも寄らぬことを言われて、テオジェンナは目を丸くした。

「ロミオを？」

セシリアを見ると、頬を染めて恥ずかしそうにしている。

（ロミオを……そうか、そうだったのか）

テオジェンナは静かに息を吐き出した。

ずっと張りつめていた気が緩んでいく。肩の力も抜けた。

「まあ、ロミオ兄様は簡単には渡さないけどね」

「もう！　ルクリュス様ったらいじわる！　テオジェンナ様ぁ、私の恋を応援してください」

セシリアがうるうると目を潤ませて、上目遣いにテオジェンナを見上げてきた。

「わ、私でよければ！」

「ありがとうございます～」

「し、しかし、ロミオは手強《てごわ》いぞ。なにせ鈍感だからな」

テオジェンナはロミオとセシリアが並んでいるのを想像してみた。

岩石と妖精だ。

しかし、セシリアがロミオを好きだという条件が付けば、しっかりと頼りがいのある岩石の上に安心して腰掛けている妖精というイメージが浮かぶ。

鈍感だけど誠実なあの男に、愛らしい恋人ができるのは幼馴染としては喜ばしい。

テオジェンナは照れながら帰っていくセシリアを見送って溜め息を吐いた。

「ロミオか……案外、お似合いかもしれないな」

「そうだね。でも、ロミオ兄様に恋人ができたら、僕ちょっと寂しいな……」

ルクリュスが口を尖らせて、そっとテオジェンナを見上げてきた。

「もし、ロミオ兄様に恋人ができても、テオは僕のそばにいてくれる？」

「ふっぐぅんぬっ!!」

きらきらした目とちょっと拗《す》ねたような表情に、油断していたテオジェンナの心臓が的確に撃ち抜かれた。

「テオ、大丈夫？」

「も、問題ないっ!!」


暴れる心臓を押さえつけてその場を離れたテオジェンナは、廊下を足早に歩きながら自分に言い聞かせた。

（セシリア嬢の恋の相手はロミオだったが……ルクリュスの恋人にふさわしいのが『世界で二番目に可愛い子』だというのは変わらない！　ならば、私はルクリュスの幸せのために『世界で二番目に可愛い子』を見つけてみせる！）

テオジェンナは自分の未練を断ち切るためにも、ルクリュスに可愛い恋人ができるように協力しようと決意を固めた。

（できるはず。やってみせる！　大丈夫、私は、私は……）
「私はっ、小石ちゃんの幸せを守るために生まれた岩石だーっ!!」
きちんと謝罪ができたのか様子を見にきたレイクリードは、廊下に響いたその叫びを聞いて
「もう生徒がほとんど帰宅していてよかったな……」と目頭を押さえた。

岩石令嬢テオジェンナが小石ちゃんにふさわしい可愛い子を見つけるのが先か、腹黒小石こと
ルクリュスがテオジェンナの頑《かたく》な思い込みをぶち壊すのが先か。
戦いはまだ、始まったばかりである。

第6話　奇声と発作と奇跡の日々

スフィノーラ侯爵家の朝は早い。

当主ギルベルトも嫡男のトラヴィスも軍人であるため、早朝に家を出てしまう。

テオジェンナは軽く剣の稽古《けいこ》をした後に母のラヴェンナと朝食をとるのが日課だった。

いつものように稽古を終えて朝食の席に向かったテオジェンナは、食堂に父の姿を見つけて目を丸くした。

「父上、珍しいですね」

「ああ。たまにはラヴェンナとゆっくり過ごせとトラヴィスに叱《しか》られてしまってな」

ギルベルトは鷹揚《おうよう》に微笑んだ。

「学園はどうだ？」

「問題ありません」

食事をしながら学園の日常について父に答えていると、母が口を挟んできた。

「ルクリュス君とはどうなの？　ちゃんと仲良くしているのかしら？」

テオジェンナが「ぐふっ」と喉《のど》を詰まらせた。

「ルクリュスか……」

ギルベルトはわずかに顔を引きつらせた。

「テオジェンナは昔からルクリュス君のことが大好きだものねー。早く婚約しちゃいなさいよー」

「なっ……ぐっ、げほげほっ」

テオジェンナは顔を真っ赤にして咳《せ》き込んだ。ラヴェンナはそんな娘を見てにこにこしている。

「こっ、こっ、こんにゃくなど、できるはずがないでしょうっ！」

「あら、どうして？」

テオジェンナはなんとか息を落ち着けてテーブルを拳で叩いた。

「小石ちゃ……ルクリュスには、彼の可愛さに及ばずとも引けを取らない程の、『世界で二番目に可愛い子』がお似合いなんです！　ふわっふわで、きゅるっきゅるの、砂糖菓子みたいな可愛い子が！」

テオジェンナはそう力説した。

ルクリュス・ゴッドホーンは可愛い。

優しい夕日のような、甘やかなオレンジ色の髪。ゆるりと溶けた飴のような琥珀色の瞳。

小さな顔にきらきらの瞳が輝き、笑顔を浮かべれば花が咲いたように辺りの空気が明るくなる。

歩いているだけで小鳥が集まってきて、彼の肩で歌を囀《さえず》る。

そんな愛らしさの化身のような存在に、自分のような岩石は似合わない。

（ちなみに、彼の肩で囀っている小鳥は実は彼の手下で、歌っているのではなくなんらかの指示を受けているのだが、ハンゾウ、サスケ、クモスケの存在をテオジェンナは知らない）

自分はルクリュスに似合わないと力説する娘に、スフィノーラ侯爵ギルベルトはそっと胃を押さえていた。

＊＊＊

「テオ、おはよう！」

「ぐっふぅんぬっ‼」

ルクリュスに笑顔で挨拶をされたテオジェンナは胸を押さえて倒れた。

最近、学園では奇声を上げて倒れる侯爵令嬢の光景が日常になりつつある。

「テオ、大丈夫？」

「問題ないっ！　ただちょっとあまりの可愛さに心臓がおかしな跳ね方をしただけだ！　心臓を落ち着かせれば問題ないんだ！　少し待ってくれ、今仕留める！」

地面に倒れたまま、なぜか護身用の懐剣を抜く侯爵令嬢。

落ち着かせるって、それで突き刺したら落ち着くどころか止まってしまうと思うのだが。心臓のみならず、全身の生命活動が。

「お、本日の発作か。毎朝、よくやるなあ」

慣れているのか素通りしていくロミオ・ゴッドホーン。

素通りしないで！　止めていって！　周りで見ている生徒達はそう思った。

「テオ。僕らも行こう」

「あ、ああ……」

ルクリュスに促されて、テオジェンナは懐剣を収めて立ち上がろうとした。

「ほら、早く立って」

「ぐぎゃあっふん‼」

可愛い小石ちゃんの可憐《かれん》なおててを差し出されて、立ち上がりかけた岩石令嬢は再び地面に沈んだ。

＊＊＊

「生徒達から苦情が来ている」

生徒会室にて、朝の打ち合わせの最中に王太子レイクリードが苦い口調で切り出した。

「毎朝、校門の辺りで奇声を上げて地面をのたうち回る令嬢がいるのでなんとかしてほしい、とな」

「なんと……そんな珍妙な令嬢がいるのですか？」

「貴女のことよ。テオジェンナ」

とぼけた態度のテオジェンナに、ユージェニーが突っ込む。

「失敬な！　私はのたうち回ってなどいない！　ただちょっと地面にめり込んだだけだ！」

「どちらでもいいわよ」

キリッとした顔つきで訴えるテオジェンナを見て溜め息を吐くユージェニーの意見に、全員賛成だった。

以前は『麗人』と呼ばれて人気を集めていたテオジェンナだが、ルクリュスが入学してからというもの、『変人』として有名になりつつある。嘆かわしい。

「せめて、公衆の面前では叫んだり倒れたりするのを我慢したらどうだ。誰も見ていない場所で思う存分悶えればいい」

レイクリードが苦言を呈すると、テオジェンナは決まり悪そうに目を逸《そ》らした。

「わ、私だって、好きで醜態を晒《さら》しているわけではない。ただ……小石ちゃんが可愛すぎるんだ！　元から最高に可愛くてこれ以上可愛くなりようがないと思っていたのに、ここ最近、日に日に可愛さが増していくんだ！」

朝の光の下、弾けるような笑顔で駆け寄ってくるルクリュス。

彼の周りの空気だけきらきらと輝いて、すべての穢れが洗い流されていくような光景だ。

そんなまぶしい姿を直視してしまったら、まともに立っていられるわけがない。足の力は抜け、心臓は飛び跳ね、息は絶え絶えになり、何も考えられなくなる。むしろまだ生きていることを奇跡と讃《たた》えてほしい。

「小石ちゃんの可愛さはとどまるところを知らない……恐ろしい。私はいったいどうなってしまうのか……」

日に日に増していくルクリュスの可愛さに恐れ慄《おのの》くテオジェンナだが、恐れ慄きたいのはこっちだとレイクリードは思った。

テオジェンナがこれ以上おかしくなったら手に負えないではないか。

「とにかく、他の生徒に奇妙に思われる行動は控えるように」

「大丈夫。きっとそのうち皆慣れる。昔から私を知っているロミオは何も気にしていないしな」

「生徒の慣れに期待するな！　奇声を上げて悶える侯爵令嬢を常識的な光景として素通りする生徒達の上になど立ちたくないぞ私は！」

レイクリードが頭を抱えて怒鳴った。


(また殿下に叱られてしまった……)

王太子の不興を買うのは臣下としてあってはならないことだ。

レイクリードが改めろと言うのであれば、テオジェンナは自らの行いを見直さなければならない。

(小石ちゃんを目の前にしても倒れないようにするためには……足腰を鍛えるべきか。今まで以上に下半身の鍛錬に重きを置いて……)

「あ、テオ！　ちょっといいかな？」

「小石ちゃっ……ルクリュス！　なぜ、二年の教室に⁉」

教室の戸口から顔を覗かせるルクリュスの姿に、テオジェンナは椅子から転げ落ちた。そのまま、床にへたり込んで顔を赤くしてわたわた焦る。足腰が弱い。

「えへへ。ちょっとお願いがあって」

遠慮がちに教室に入ってきたルクリュスは照れくさそうに笑って肩をすくめ、頬をほんのり染めて大きな瞳を落ち着きなくきょろきょろさせて、テオジェンナの庇護欲《ひごよく》を的確に撃ち抜く。実にあざとい。

「ぐあああっ！　可愛さに搦《から》め取られるぅぅっ‼　足が動かない！　私はもう駄目だぁぁぁっ‼」

「あのねー、テオっていつも生徒会の活動で忙しそうにしてるでしょ？」

頭を掻きむしって悶えるテオジェンナのそばにしゃがみ込んで、ルクリュスはくりっと首を傾げた。

「立ち上がることすらできない……私はここまでのようだ……くっ、殺せ！」

「それでね、テオが普段一緒にいるのってどんな人達かなぁって気になっちゃって……やだなあ。ヤキモチ焼いてるみたいで恥ずかしいや。えへへ」

赤く染めた頬を両手で押さえて照れ笑いを浮かべるルクリュス。

「なぜまだ生きているんだ私は⁉　もういい！　十分よくやった！　もう可愛さに耐えなくていい！　楽になっていいいんだ！」

「だからね。生徒会の皆さんに会ってみたいんだ」

死を覚悟したテオジェンナに、ルクリュスは『お願い』を口にする。

「神よ！　今あなたの御許《みもと》に参ります！　……生徒会の？」

自主的に天に召されようとしていたテオジェンナはようやく我に返った。

この学園の生徒会は、もっとも身分の高い者が会長となり、残りの役員は会長の指名によって選ばれる。本来はロミオも指名されていたのだが、彼は「頭を使うのは苦手だから」と辞退してしまった。

なので、ルクリュスが生徒会に入りたいのであれば、テオジェンナがレイクリードに推薦することは可能だ。

しかし、ルクリュスは生徒会に入りたいわけではないと言う。

「僕はただ、テオのお友達と仲良くなりたいだけなんだ……」

「ふぎゅぅんぬっ‼」

大きな瞳をぱちぱちさせて見上げてくるルクリュスに、可愛さの過剰摂取による発作を起こしたテオジェンナは再び奇声を上げて床に倒れ込んだ。

第7話　生徒会役員と小石ちゃん

ケルツェント王国王太子レイクリード。

フォックセル公爵家嫡男ジュリアン。

ルードリーフ侯爵家嫡男ケイン。

ヴェントーネ侯爵家嫡男ニコラス。


現在のこの学園の生徒会役員は、いずれ劣らぬ家柄と容姿と才覚を兼ね備えた男子達である。

「王太子には婚約者がいるからいいとして……残りの三人にはきっちり釘《くぎ》を刺しておかないと……」


テオジェンナに向かってさんざん愛想を振りまいてきたルクリュスは、自分の教室に戻るとすっと表情を消して席に着いた。

「あら？　何か悪巧みをなさっているご様子」

おもしろそうな気配を嗅ぎつけたのか、セシリアがくすくす笑いながら近寄ってくる。

「相変わらず回りくどいやり方をなさるのね。男らしくないわ」

「どこぞの蜘蛛女と違って、薬を盛ったりする卑怯《ひきょう》なやり方は好きじゃないものでね」

腹黒同士がにっこりと微笑み合う。

教室の温度が下がった。寒い。

入学してひと月ほど経つが、この教室だけ他のクラスより明らかに平均気温が低いとクラスメイト達は確信していた。

「まあ！　正攻法で行かず外堀を埋めるような真似をなさる方に卑怯だなんて言われたくないわ」

セシリアは頬に指を当てて小首を傾げる。テオジェンナがこの場にいたら鼻血を流しそうな愛らしさだ。

「既成事実さえ作りゃあいいと思っている節足動物は、卑怯よりも俗物と呼んだほうがいいかな？」

ルクリュスは思案するように口を尖らせた。テオジェンナがこの場にいたら奇声を上げて窓ガラスを突き破って飛び降りそうな可憐さだ。

「うふふふ。ルクリュス様ったら。その外面《そとづら》ひっぺがしてテオジェンナ様に見せて差し上げたいわ」

「あははは。こっちこそ、セシリア嬢のお腹をかっさばいて真っ黒な中身をロミオ兄様に見せてあげたいよ」

気温がまた下がった。

この教室、腹黒どもが会話すると温度が下がる仕様になっている。

なぜ、このクラスに腹黒を二人も入れたんだ。一クラスに一腹黒までにしてくれ。

クラスメイト達は切実にそう思った。


セシリアを適当にあしらい、ルクリュスはふん、と鼻を鳴らした。

回りくどいと言われようが知ったことか。目的のためには手段は選んでいられないのだ。

テオジェンナはルクリュスを好いている。それはわかりきったことだ。

けれど、本人にはルクリュスと結ばれる気がまったくない。

「一筋縄ではいかない相手なんだよ……」

誰にも聞こえないように、ルクリュスは小さくぼやいた。

＊＊＊

小石ちゃんが尊い。

テオジェンナは目元を押さえて天を仰いだ。

テオジェンナと近しい生徒会の面々と仲良くなりたいから会わせてほしい、だなんて。

「健気で可愛いぃぃぃぃぃぃぃっ!!　わざわざそんなお願いしてくるところが尊い！　小石ちゃんのお願いならどんなことでも聞きますけど!?」

自室の寝台の上で、テオジェンナはごろごろと転げ回って喚《わめ》いた。

ちなみに、スフィノーラ侯爵家の使用人達はお嬢様の発作には慣れているので、多少暴れたところで誰も様子を見に来ない。

ルクリュスが生徒会室を訪ねたいと思っていることを伝えた時、レイクリードは興味深そうにしてあっさり頷いていた。

「小石ちゃんと会えるのか。それは楽しみだな」

レイクリードがそう言っていたのを思い返し、テオジェンナはふむっと口を引き結んだ。

許可を得られたので、明日の放課後、ルクリュスを生徒会室へ連れていく。

小石ちゃんはどこにいても可愛いので、もちろん生徒会室でも可愛いに決まっている。

(小石ちゃんの前では、あまり取り乱さないようにしないと)

誰かに聞かれたら「何を今さら」と驚かれるであろうが、テオジェンナはルクリュスの前ではかろうじて自分を抑えているつもりなのである。人は自分のことほど案外よく見えていないものだ。

「しかし、ルクリュスが生徒会に入りたいと言い出したらどうしよう」

テオジェンナはその可能性に眉を曇らせる。

小石ちゃんと毎日生徒会室で会うことになったら、自分は耐えられるだろうか。

挨拶するだけでも息も絶え絶えになっているというのに、生徒会室で一緒に学園の問題を話し合ったり、二人で一緒に見回りに行ったりなんかしたら。

「確実に死ぬ！　錯乱して自分で心臓を貫くか鼻血が止まらず出血多量か叫びすぎて窒息か興奮しすぎて脳の血管が切れるかする！」

テオジェンナは寝台の上で天井に向かって叫んだ。死因がどれになるかわからないが、避けられない死である。

「それに、レイクリード殿下が小石ちゃんを気に入って、奇声を上げたり地面にめり込んだりする私のような危険人物は小石ちゃんに接近禁止と命令してきたらどうすれば……」

不安になったテオジェンナは、頭を抱えて寝台に突っ伏した。

学園に入ればルクリュスの世界が広がるのは当然のことだ。

テオジェンナよりももっと気の合う相手と出会って親しくなって、信頼と親愛の笑顔を別の誰かに向けるようになる。

「……それは当然のことだ。ルクリュスにとっては、そのほうがいいんだ」

テオジェンナは力なく呟いた。

＊＊＊

「今日の放課後、小石ちゃんが生徒会の見学に来るぞ」

朝の打ち合わせの締めくくりにレイクリードが伝えると、まだ小石ちゃんに会ったことのない男性陣が色めきたった。

「おお！　噂の小石ちゃんに会えるんだな」

「実物を見たことがないからなあ」

「至急、テオジェンナ嬢の暴走対策を考えませんか？」

ジュリアン、ケイン、ニコラスも、まだ見ぬ小石ちゃんに会えるのが楽しみのようだ。

とにかく可愛い少年だということはテオジェンナのせいで嫌というほど知っているが、恋に狂っている乙女の評価は全面的には信用できないので、実物を一度見てみたいと思っていたのだ。

「小石ちゃんの可愛さの波動で書類が吹っ飛んだり窓が割れたり小鳥が集まってきたりするかも

しれないので、大事なものは移動しておいたほうがいいですよ」

テオジェンナは緊張しているのか、いつも以上に言っていることがおかしい。

「ルクリュス様は生徒会に入りたいとおっしゃっているの？　テオジェンナ」

ユージェニーが尋ねる。

生徒会に入りたいからテオジェンナに紹介を頼むのはわかるが、ルクリュスはまだ入学したばかりの新入生だ。学園生活に慣れるまでは待ったほうがいいのではないかと思ったのだ。

「いや、ただ私の交友関係が気になるだけのようだ……くぅっ！　幼馴染というだけで私のような岩石の友人を気にするだなんてっ！　なんていじらしいんだ！　あまりの可愛さに肋骨折れそう！」

「なんでだよ」

なぜか胸の下あたりを押さえて苦しみ始めるテオジェンナ。

人智《じんち》を超えた可愛さは骨に沁みるらしい。

「まあ、私達は普通に接すればいい。ただ、スフィノーラ嬢が壁を突き破ったり窓をぶち破って飛び降りたりしないようにだけ気をつけよう」

「かしこまりました」

「窓の前に障害物を置いておきましょうか」

「壁に衝撃を吸収する緩衝材を貼っておくのはどうだろう？」

「奇声対策の耳栓の在庫、まだ残ってたか？」

ルクリュス・ゴッドホーンが見学に来るにあたり、ルクリュスを迎える準備ではなくテオジェンナへの対策を考え始める生徒会の面々であった。

そして、放課後がやってきた。

「テオ！　お待たせ」

「ぐふっ！　ああ、じゃあ行こうか」

待ち合わせ場所に駆け寄ってきた姿を見て軽くダメージを受けつつ、テオジェンナはルクリュスを伴って生徒会室に向かった。

「失礼します。ルクリュス・ゴッドホーンを連れて参りました」

一声かけてから扉を開け、ルクリュスを招き入れる。

「失礼いたします」

入室したルクリュスがぴょこりと礼をした。

「よく来てくれたな。ゴッドホーン侯爵令息。私は王太子レイクリード・ケルツェントだ。たいしておもしろい場所ではないが、好きなだけ見ていってくれ」

レイクリードが歓迎の意を示す。

「このたびはお忙しいところを、無理を聞いていただきありがとうございます。ゴッドホーン家八男のルクリュスと申します」

ジュリアン、ケイン、ニコラスとも挨拶を交わし、少し緊張気味だったルクリュスもほっと肩の力を抜いた。

その様子を見て、なるほど愛らしい容姿をしているとレイクリードは感心した。

小柄な身体とあどけない顔立ちはもちろんのこと、明るく優しい色の髪と目がルクリュスの愛らしさを強調していた。

（ふむ……）

レイクリードはせっかくなのでこの機会にルクリュスがテオジェンナのことをどう思っているのか探りを入れてみようと考えていた。

ルクリュスがテオジェンナのことを憎からず思っているのであれば、テオジェンナとの仲が深まるように協力してやるのも吝《やぶさ》かではない。

テオジェンナはあの通り暴走しがちなので、ルクリュス一人では手綱《たづな》を握るのに苦労するだろう。

レイクリードはユージェニーに目線で合図を送った。

すぐに気づいたユージェニーは、さりげなくテオジェンナを生徒会室から連れ出そうとした。

「テオジェンナ。一年生の女子の帰宅の様子を見に行きたいの。一緒に来てくれる？」

「あ、ああ。えっと、ルクリュス……」

「僕なら大丈夫。行ってきて」

ルクリュスに笑顔で送り出され、テオジェンナは少し心配そうにしながらもユージェニーと共に出ていった。

さて、では男同士腹を割って話そうかと、レイクリードが口を開こうとした時、テオジェンナを見送っていたルクリュスがくるりと振り向いた。

その琥珀色の瞳が、ぎゅっと細められて、鋭い眼差《まなざ》しがレイクリードを貫いた。

「え……」

「さて」

冷たい声が静かに響いた。

「ここからが本番だぜ」

愛らしい顔をニヤリと歪《ゆが》ませて、ルクリュスが言った。

＊＊＊

ルクリュス・ゴッドホーン。

軍人として名高いガンドルフ・ゴッドホーンの八男。

その愛らしい容姿から『岩石侯爵家の小石ちゃん』と呼ばれている。

幼馴染の侯爵令嬢から熱烈に愛されており、本人に責任はないがその可愛さでたびたび侯爵令嬢の息の根を止めそうになっている。

それが、レイクリードの知るルクリュス・ゴッドホーンの情報だった。

しかし、今目の前でこちらを睨みつけてくる少年は、とても『愛らしい』とは呼べなかった。

（なんだ、この得体の知れない迫力はっ……）

レイクリードの王者としての危機察知能力が、即座に警戒態勢を取らせた。

それは彼の側近達も同じだった。三人は咄嗟《とっさ》にレイクリードを守るために動いた。主君と警戒対象の間に立ち、油断なく構える。

「貴様……何者だ？」

侯爵家とはいえ、たかが八男。レイクリードはおろか側近達にとっても、ルクリュス・ゴッドホーンなど取るに足らぬ存在だ。

にもかかわらず、その眼力と威圧感は到底『小石ちゃん』とは呼べぬものであった。

「僕はルクリュス・ゴッドホーン。心配しないでいいよ。今日のところはひとまず挨拶に来ただけだ」

ルクリュスが一歩前に歩み出た。レイクリードは後ずさりそうになるのを気合いで押しとどめた。侯爵家の八男ごときに気圧《けお》されるわけにはいかない。王族の矜持《きょうじ》だ。

「挨拶、だと？」

「その通り、僕の……」

「そうだ。ルクリュス、言い忘れていたんだが」

ガチャッと扉が開いて、出ていったばかりのテオジェンナが顔を覗かせた。

途端――

「え？　なーに？　テオ」

きゃるぅんっ！　と効果音が付きそうな仕草で、ルクリュスが瞳をきらきらさせて振り返りテオジェンナに顔を向けた。

一瞬で、室内の緊迫《きんぱく》した空気が霧散する。

「ふぐぅっ！　可愛すぎて内臓吐きそうっ！　……いや、ロミオが用事があるので馬車を使うと言っていた。なので、帰りはうちの馬車で送っていく」

「うん、わかった！　わあ〜、テオと一緒に帰れるの嬉しいなあ」

「ごふぅっ‼　可愛さのあまり肝臓が潰れた気がするっ‼　……で、では、また後で」

「うん！」

満面の笑顔で手を振るルクリュス。

腹を押さえて呻くテオジェンナの姿が、再び扉の向こうに消えた。


「……ふう」

ルクリュスが小さく息を吐く。

そして、一部始終を見ていたレイクリード達に顔を向けて低い声で告げた。

「言っとくけど、テオに余計なこと喋ったら、生きたまま地獄を見てもらうぞ」

冷たく据わった目つきからは、その言葉に偽りはないと伝わってくる。

レイクリード達は同時に悟った。

（こいつ……っ、幼馴染の前では猫かぶってやがるっ‼）


見た目と中身が一致しない人間というのは、実はそれほど多くない。

人が思う以上に、外面には内面がにじみ出るものなのだ。それは美醜の問題ではなく、印象とか雰囲気というものだ。

ゆえに、外見から中身が窺《うかが》えない人間には注意すべきだ。

外見に漏れないように、己の中身を完璧に制御できる技能の持ち主ということだからだ。

その点でルクリュス・ゴッドホーンは完璧だった。

テオジェンナの前で、腹の中の黒いものをいっさい外に出していなかった。

「言いたいことは一つだけだ。テオジェンナに必要以上に近づくな」

机に腰掛けて腕を組んで、ぐいと睨みつけてくる。王太子の前でありえないほど不敬な態度だが、ルクリュスは少しも恐れる様子を見せない。

堂々とした態度に気圧されそうになるが、初対面の相手に脅されて言いなりになるわけにはいかない。

「貴様にそんな要求をする権利はないだろう」

レイクリードが強い口調で言うと、ルクリュスは片眉をはね上げた。

「権利がどうとかって議論がしたいんじゃねえんだよ。僕が気に入らないってだけ」

「貴様！　殿下に対してなんなんだその口の利《き》き方は！　不敬だぞ！」

ケインがさすがに我慢できずに怒鳴る。

それに対して、ルクリュスはふん、と鼻を鳴らしただけだった。

「殿下への暴言で罰されたいのか⁉」

「どうぞ」

ルクリュスは飄々《ひょうひょう》と言い放った。

「捕まって処刑される時には、僕は首を斬《き》られる寸前まで『誤解ですぅ！　僕はそんなことしてません！』って泣き叫んでやるよ。国民はどう思うかなあ」

レイクリード達は「うっ」と呻いた。

なにせ、ルクリュスは掛け値なしに可愛らしい容姿をしている。大きくて丸い琥珀色の瞳を涙で潤ませて無実を訴える愛らしい少年を目にした者達の心に、「こんないたいけな少年が処刑されるような罪を犯すか？」という疑念が生じることは止められないだろう。

王太子は無実の人間を処刑する残酷な性格だと思われるか、あるいは王太子は軽い失言でも許さずに命まで奪う狭量《きょうりょう》な心の持ち主である、という印象を少なからぬ国民の記憶に刻みつけてしまうことになる。

「まあ、別に僕も積極的に処刑されたいわけじゃないので、テオに手出しさえしなければ敬意を持って接してあげますよ」

「なぜ、わざわざこんな真似を？　スフィノーラ嬢の周りの男をいちいち牽制《けんせい》して回るより、婚約してしまえば済む話ではないか」

純粋に疑問に思って、レイクリードはルクリュスに尋ねた。

テオジェンナはあの通り、誰がどう見てもルクリュスにぞっこんなのだから、ルクリュスのほうから婚約を申し込めばいいのだ。

だが、ルクリュスは眉間にしわを寄せて首を横に振った。

「挨拶だけでも毎朝死にかけているっていうのに、僕から告白だの婚約だの切り出したら本当に死にそうな気がして……」

ああ、なるほど。

毎日のように息も絶え絶えになっているテオジェンナの姿を脳裏に浮かべ、一同は深く納得したのだった。

＊＊＊

テオジェンナがいなくなった途端に本性を露《あら》わにしたルクリュスだが、牽制のためとはいえ彼女が毎日身近に接する自分達に正体を明かしてもかまわないのだろうか？

疑問に思ったレイクリードがそのことを指摘しても、ルクリュスはふてぶてしい態度を崩さなかった。

「僕は別に、周りの人間に『可愛い』と思われたいわけじゃないんだよ」

どこからどう見ても可愛らしさの塊のような男の子はそう言ってのけた。

「外見がこんなだからって、中身まで砂糖菓子みたいに育つと思ったら大間違いだからな」

憮然《ぶぜん》とした面持ちは、それでもやっぱり穢れのない天使のように可愛らしかった。

「それなら、なんであんなに可愛い子ぶってるんだよ？」

ジュリアンが尋ねた。

たった今、テオジェンナに対してがらりと態度を変える場面を見せられたばかりだ。可愛い子ぶりたいわけじゃないなんて、説得力がない。

だが、ルクリュスはきっぱりと答えた。


「そんなの、テオが好きなのが『可愛い小石ちゃん』だからだよ！」

「「「……は？」」」


目を丸くするレイクリードらの前で、ルクリュスは拳を握りしめて吐き捨てた。

「僕の家族とテオは、僕の可愛いところが大好きなんだよ！　だから、他の有象無象はどうでもいいけど、家族とテオの前では『可愛い小石ちゃん』でいないといけないんだよ！」

身内と幼馴染以外はどうでもいいと切り捨てたルクリュスは、机に座ったまま苛立《いらだ》たしげに脚を組み変えた。

「お前らだって、家族や好きな相手には『カッコいい』って思ってもらいたくてカッコつけるだろ！　僕の場合は、求められているのが『カッコよさ』じゃなくて『可愛さ』なんだよ！」

「……いや。可愛い子ぶるのが不本意なら、別に無理することないんじゃあ」

「だって！　テオは可愛い僕に夢中なんだぞ？　可愛い仕草には過剰に反応してくれるけど、その反面、可愛さ以外の要素にはまったく興味を持たれないんだよ！　僕の可愛さにしか興味がないんだよテオは！　お前らには僕の苦労はわかんないよ！」

「おー……」

「なるほど……」

可愛い系男子の思わぬ本音を吐露されて、カッコイイ系男子達はぽりぽりと頭を掻いた。

恋人が自分の容姿にしか興味がない、というと一見よくある悩みのようだが、好きな女の子から可愛さしか求められていない男の子という構図は珍しい。


ルクリュスの最大の懸念は、可愛い子ぶるのをやめた途端にテオジェンナからの関心を失うのではないかということだ。

そのために、テオジェンナの前では『可愛い小石ちゃん』を演じ続けているのだ。

「でも、それなら今後もずっと可愛い演技を続けるのか？」

「僕の計画では、可愛さで惹きつけて心を捉えて逃げられないようにしてから、可愛さ以外の部分も徐々に見せつけて慣らしていこうと思っていたんだけどね」

ルクリュスはふっと短い溜め息を吐いた。

「誤算だったのはテオジェンナが僕の可愛さにまったく慣れてくれないことだよ。僕が話しかけただけで暴走するから距離を詰めるのも難しいし、何よりも自分は僕にふさわしくないって思い込んでいるのをなんとかしないと、どうにもならないんだよ」

「はあ。なるほどね」

テオジェンナがのたうち回る姿を何度も見ているため、レイクリード達にもルクリュスの抱える事情が理解できた。

自分を好きだということははっきりしているのに、相手には自分と結ばれる気がなく、かつ冷静に会話することが難しい。

確かに、それは難題だ。

「とにかく、今はテオが僕の可愛さに慣れるのを待つしかできない……」

ルクリュスの言葉の途中で、生徒会室の扉がノックされた。

「殿下。ただいま戻りました」

扉を開けて、ユージェニーとテオジェンナが入ってきた。

「テオ、おかえり！」

素早く机から飛び降りたルクリュスが、ぱあっと輝く笑顔をテオジェンナに向ける。

「ぐああ！　可愛さを浴びて肋骨が砕け散るぅぅっ!!」

早速ダメージを受けるテオジェンナに、ユージェニーが呆れた顔をした。

「どういう状況よ？」

無理じゃないのか。慣れるなんて。

レイクリード達はそう思った。


その後、生徒会室を辞したルクリュスは、テオジェンナの家の馬車で帰宅した。

馬車の中で二人きりになっても、テオジェンナは「馬車の中に満ちたいつもより小石ちゃんの匂いが濃い空気を吸うだなんてそんな罪深いことが岩石の私に許されるわけが」などと言って酸欠になりかけるので、ろくに会話もできやしない。

愛されすぎて、話が通じないのだ。


自室で一人きりになるとルクリュスは疲れたように溜め息を吐いた。

自分の一挙手一投足でいちいち死にかける相手と婚約までこぎつけるのがこんなに難しいだなんて、あの頃の自分は想像もしていなかった。

寝台に身を投げ出して、はあーっと脱力したルクリュスの脳裏に、幼い日の思い出が蘇《よみがえ》ってきた。

第8話　小石の憂鬱《ゆううつ》

六歳のルクリュスは自分が他人より可愛いのだと知っていた。

なにせ、父と兄達から毎日のように『可愛い』『天使』『癒やされる』と言われていたからだ。

唯一、自分に似ている母だけは、「末っ子だからと甘やかしすぎです！」と怒っていたが。

身内以外の人間だって、ルクリュスを見て最初に出てくる言葉は『可愛い』だった。可愛いお子さん。ご子息は可愛らしい。なんて可愛いんでしょう。

言われすぎて、もはや自分の名前の一部かと思うほど、可愛いという言葉が降りかかる日常を過ごしていた。

そんな日々の中で迎えた六歳の誕生日に、スフィノーラ侯爵家がやってきた。

ルクリュスは幼いながらに我が家がスフィノーラ家との仲がいいことを理解していた。

武門を預かる二家が仲違《なかたが》いをすれば国の防衛に影響が出る。ゴッドホーン家の者として、スフィノーラ家には愛想を振りまいておいたほうが得策だろうと幼い小さな頭がくるりと回転した。

さて、とびっきりの可愛い顔で挨拶でもしてやるかと思い顔を上げたルクリュスの目に映ったのは、威厳を湛《たた》えた男性と姿勢のいい少年、その横で顔を真っ赤にして小さくぷるぷる震えている女の子だった。

金色の髪をひっつめて男の子のような格好をしている女の子は、ルクリュスから目を離さずに立ち尽くしている。

「か」

女の子の口から、声がこぼれた。

可愛い、と、そう言われるのだろうと思った。いつものことだ。誰も彼もが馬鹿《ばか》の一つ覚えのようにルクリュスを見てそう言う。

「か、かか、か、か」

女の子の震えが徐々に大きくなる。ぷるぷるからぶるぶるへ。そして、ガクガクへ。

「かっ、かっ、かっ、」

なかなか可愛いと言わない。その一言を口から出すのに相当の力が必要なのか、握った拳は力を込めすぎて真っ白になっている。

可愛いと言おうとしているのではなく、もしやひきつけでも起こしたのでは？　と心配になった直後だった。


「かっかかか……可愛いぃぃぃぃ〜っ!!　何これどういうこと!?　こんなに可愛い生き物がこの世に存在していていいのか!?　人類には過ぎた可愛さなのでは!?　わかったこれは神の罠《わな》だな！　私の信仰を試しておられる！　しかしそれにしてもちょっと可愛く創りすぎなのでは!?　この世に咲くどんな花よりも可憐なんですけど!?　神様、この子を創った時なんか嫌なことでもあって癒やされたかったのでは!?　シェフが作ってくれたオレンジシャーベットみたいな色の髪も叔父様にもらったべっこう飴みたいなまん丸いおめめもどこもかしこも甘そうなんだが!?　神様、キヤンディー創ろうとして間違えて人間創った⁉　大丈夫⁉　今日の日差しで溶けてしまわないか⁉　日傘！　日傘をくれ！　溶けてしまう！　神が創りたもうた奇跡の可愛さが溶けてしまう！」

なかなか出てこない一言を絞り出した途端、塞《せ》き止められていたものが勢いよく流れ出すようにあふれた言葉の奔流に、ルクリュスは呆気に取られた。

可愛いとは、言われ慣れていた。

六歳にしてすでにうんざりするほどに。

どいつもこいつも、人の顔を見て同じ感想しか述べない。

いや、同じ言葉しか垂れ流さない。もうちょっと何か、他に感じ取ることはないのか。

家族に『可愛い』と言われるのはかまわない。その言葉に確かな愛情が込められているのがわかるから。

でも、他者の口から出る空虚な『可愛い』には、もはや苛立ちすら覚えるのだ。

テオジェンナの言葉も要約すると結局『ルクリュスが可愛い』としか言っていないのだが、いかんせん熱量が圧倒的だった。

「テオジェンナ、落ち着きなさい。どうしたんだ？」

娘の常ならぬ様子にうろたえたスフィノーラ侯爵がたしなめるが、テオジェンナは真っ赤な顔ではあはあと荒い息を吐いていた。

（なんだ、こいつ……）

ルクリュスは無意識に首を傾げた。

「ぎゃふんっ！」

テオジェンナが胸を押さえた。

「可愛い子は首を傾げるの禁止！　理由は可愛すぎるから！　そんな可愛く首を傾げていたらいつか人死《ひとじ》にが出るぞ！」

「ええ……？」

ひとの誕生日に何を物騒なことを、と眉をひそめたルクリュスだったが、ルクリュスの父ガンドルフは嬉しそうに声を上げた。

「おお！　わかってくれるか、ルクリュスの可愛さを！」

ガンドルフ・ゴッドホーンは末っ子を溺愛していた。

それはそれは溺愛していた。

「皆、『可愛い』とは言ってくれるのだが、ルクリュスの可愛さはそんな一言では言い表せないと思っていたのだ！　テオジェンナ嬢の素直な評価に胸を打たれたぞ！」

「ゴッドホーン侯爵様！　こんなに可愛い生き物が家にいて、平気で暮らしておられるのですか！　さすがです！　私なら三日も保《も》ちません！」

「ははは！　ここまでルクリュスの可愛さを理解してくれる令嬢がいるとはな！　気に入った！いつでも遊びに来なさい！」

豪快な父親が上機嫌で小さな女の子の肩を叩くのを見て、ルクリュスは口元を引きつらせた。

（今に見てろよ。大きくなったら、父様《とうさま》みたいにでっかくて、力が強くて、髭《ひげ》が生えてて、ズシーンズシーンって足音がするような大男になってやる！）

＊＊＊

齢《よわい》六歳のルクリュスは、まだ己のポテンシャルを純粋に信じていた。

だが、兄達が剣の稽古をしていても、幼いルクリュスは「危ないから」と近寄らせてもらえない。

早く大きく強くなりたいルクリュスは、こっそり自分を鍛えることにした。

「ふぐっ……うぬぬっ」

屋敷の地下から無断で持ち出してきた古い剣を引きずって、ルクリュスは裏庭の大木の根元までやってきた。

引きずってきた剣を地面に横たえ、だるくなった腕で滝のような汗を拭《ぬぐ》う。

「ふぅ、ふぅ……よぅし。今日から毎日素振りをするぞ！」

兄達が指導役に何百回も素振りさせられているのを、ルクリュスは遠くから眺めていた。

最近では、時々遊びにきたテオジェンナが兄達に交じって稽古をしている。

（なんで、あいつは兄様達と一緒に稽古させてもらえるんだ）

ルクリュスは頬をふくらませた。

テオジェンナはルクリュスと顔を合わせると毎回飽きずに「今日も可愛いぃぃぃぃいついかなる時も可愛いなんてどういう奇跡⁉」などと叫んでのたうち回る。

最初は驚いたが最近は見慣れてきた。兄達も初めのうちは「大丈夫かこいつ」という表情で見ていたが、今では「今日も活きがいいな！」と釣り上げられた魚を見るような目でテオジェンナの暴走を見守っている。


一つ年上とはいえ、他家の女の子が稽古に参加させてもらっているのが気に食わない。ルクリュスだって剣を握って強くなりたいのに。

「百回ぐらい振れるようになれば、僕も稽古に交ぜてもらえるはず」

ルクリュスは息が整わないまま、剣を持ち上げようと身を屈《かが》めた。

その時、門のほうから歩いてきたテオジェンナがルクリュスを見つけて駆け寄ってきた。

その瞬間、突然に視界が狭くなった。

(――あれ？)

見慣れた庭が急速に遠ざかり、ルクリュスの意識は闇に沈んだ。


目を覚ますと、自室の寝台に寝かされていた。

「ルー！　大丈夫か？」

「ろみお、に……さ……」

枕元についてくれていたすぐ上の兄が、心配そうに顔を覗き込んでくる。

「庭で倒れてたんだぞ。遊びにきたテオジェンナが見つけたんだ。すげぇ取り乱して、真っ先にお前を抱き上げて運んでくれたのはいいんだけど、寝台に寝かせた後も『夏の暑さが小石ちゃんを！　おのれ太陽め！』とか騒ぎ続けるから腹に一発入れて気絶させて家に送り届けておいた」

ご近所さんとはいえ、侯爵令嬢に対してずいぶんな扱いだ。

「気をつけろよ。今日みたいな暑い日は外に出ないほうがいいってよ」

「でも……」

ロミオとテオジェンナは外に出ているじゃないか、とルクリュスは不満に思った。


その日は、職場や学園から帰ってきた父と兄達からも心配されめいっぱい甘やかされた。

その後も、何度も同じようなことがあった。

ルクリュスは兄達について行ったり真似をしようとしては力尽きて倒れた。

幼いルクリュスは漠然と、大きくなれば兄達のようにたくましくなれるのだと思っていた。自分もゴッドホーン家の一員なのだから、『岩石侯爵家』にふさわしい男になれるのだと。

けれど、兄弟の中で自分だけがいつまでも小さなまま――『小石ちゃん』のままだと思い知ったのは、十歳の時だった。

＊＊＊

父と兄達はルクリュスに甘い。基本的にルクリュスが何をしても笑顔で可愛がる。

しかし、母は違った。父や兄達が『ルクリュスが悲しむ』と思って言わないことでも、母はためらうことなく口にした。


「ルクリュス。貴方は岩石にはなれないわ」

炎天下、素振りを十回こなしたところで力尽きて部屋に運び込まれたルクリュスに、母は厳しい顔つきで言った。

「貴方は私に似たの。小柄なのも筋肉がつきにくいのも非力なのも虚弱体質も」

ルクリュスは寝台の上でじとりと母を睨みつけた。

「だって、ゴッドホーン家の男は皆、軍人になってきたって……」

「皆がそうだったからといって、貴方が無理をしたところで軍人にはなれないわ」

ルクリュスは口を尖らせてうつむいた。

自分でも薄々は気づいていた。自分の肉体は、思い描いたようには育ってくれない。いつまでたっても『小石ちゃん』のままだ。

所詮《しょせん》は小石。小石は岩石にはなれない。

ルクリュスはこれからも、赤の他人から『可愛い小石ちゃん』と侮《あなど》られ続けなければならない。

ゴッドホーン家の男にふさわしい岩石になれなかった、出来損ないの小石として。

十歳にして挫折《ざせつ》を味わったルクリュスは、くさくさした気分でふてくされた日々を過ごした。

自分と同じ目線だった子供が、次に会った時にはぐんと背が伸びているということがよくあって、子供達の集まる場に顔を出すのも嫌になった。

他の子供はすくすく成長しているのに、ルクリュスだけが小さいままなのが気に入らなかった。

すっかりやる気を失ったルクリュスは、ある日、反抗的な気分を持て余して家人の目を盗んで一人で家を出た。

供をつけずに一人で歩くのは初めてで、ふらふら歩くうちにルクリュスはいつの間にかスフィノーラ家の屋敷の前まで来ていたことに気づいて足を止めた。

庭から「やあ！　やあ！」と少女の掛け声が聞こえる。

（テオジェンナ・スフィノーラ……）

光の差す明るい庭で剣を振る少女の姿を見て、ルクリュスの胸には黒い靄《もや》が広がった。

じっと見ていると、やがてテオジェンナがこちらに気づいた。

「ぎゃあっ！　こ、ここここ小石ちゃん！　わ、私はとうとう幻覚まで見るように⁉　なんたることだ！　ああ、でも幻覚でも可愛い！　どうしよう！　近寄ったら消えちゃうかな⁉　蜃気楼《しんきろう》みたいに！　夢まぼろしのごとく！　だが、どこからどこまでが現実でどこからが幻覚なんだ⁉　私にはもう何もわからない！　私はっ、いったい……っ」

ルクリュスが庭先に立っていただけでなぜか己の実存を見失いかけるテオジェンナを、ルクリュスはじっとみつめた。

太陽の光の下で見るテオジェンナは初めて出会った時と比べるとぐんと手足が伸びて、溌剌《はつらつ》として健康的な少女に成長している。

ルクリュスはさっと目を逸らすとテオジェンナに背を向けた。

「え？　小石ちゃ……ルクリュス！　一人でどこへ……？」

テオジェンナの声が追いかけてきたが、ルクリュスは振り返らずに走り去った。


うつむいて走っているうちに貴族街から離れてしまったことに気づいたのは、曲がり角で向こうから歩いてきた男にぶつかって尻餅《しりもち》をついた時だった。

「痛えな、このチビ！　どこ見てやがる！」

体格がいい男が凄《すご》んでくるが、父の巨体を見慣れているルクリュスは目を丸くしただけだった。

「聞こえねえのか？」

「失礼、しました」

相手は明らかに平民だったが、ぶつかったのはこちらなのでとりあえず謝罪した。

男はルクリュスの服装を見て一瞬怯《ひる》んだ様子を見せたが、次の瞬間にはニヤリと口の端《は》を歪めた。

「あーあー。ぶつかられたのはこっちなのに、お貴族サマ相手だと俺が悪者にされるなあ」

ひとり言のような口調だが、明らかにルクリュスにぶつけられた言葉だった。ルクリュスはちょっと眉をしかめた。

（なんだ、こいつ……）

立ち上がりながら男を睨みつけたが、男はルクリュスを馬鹿にする表情を変えない。どころか、まだ何か言おうと口を開きかけた。

だが、

「ルクリュス！」

そこに駆けつけてきたテオジェンナの姿を見るなり、男はすっと顔色を変えた。

「大丈夫か？　何があった」

「……なんでもない」

ルクリュスはぶっきらぼうに答えたが、ルクリュスと男の様子を見て、何があったかだいたいわかったらしい。テオジェンナはぴしっと背筋を伸ばして、大人の男に堂々と向き合った。

「失礼した。何か問題があるか？」

「い、いえいえ。とんでもない……へへぇ。あっしはこれで」

男はうろうろ目を泳がせて逃げていった。ルクリュスは唖然《あぜん》としてそれを見送った。

自分に対しては馬鹿にするような態度を隠しもしなかった男だが、本来はテオジェンナに対する態度が身分的に当然なのだ。

男が自分相手に舐めきった態度を取った理由を、ルクリュスは遅ればせながら理解した。

男の目には、ルクリュスが何もできないように映ったのだろう。男の無礼な態度に怒り、毅然として対応するように見えなかったのだ。

だが、テオジェンナは受けた無礼にやり返せるように——しっかりしているように見えたのだろう。年齢は一つしか違わないのに、テオジェンナは畏《おそ》れられルクリュスは侮られた。

（僕が『小石ちゃん』だから……）

カーッと怒りがこみ上げてきた。

思うように大きくなれない苛立ち。家族以外の口から『可愛い』と言われることへの不満と怒り。

この時のルクリュスは、それらの負の感情を抑えきれず、自分に無いものを持つ恵まれた存在にぶつけたくなった。

目の前の少女を、ひどく傷つけてやりたい気分になったのだ。

「……君は、いいよね。馬鹿にされることもなく、背も高くて剣も振れる……」

ルクリュスはばっと顔を上げて、とびきり愛らしい笑顔をテオジェンナに見せつけた。

そして、抱え込んだ苛立ちを毒の言葉に変えて、吐き出したのだ。

＊＊＊

「あの頃の僕は行き詰まっていたなあ……」

昔のことを思い出して、ルクリュスは苦笑いと共にひとりごちた。

ゴッドホーン家の男として、父の息子として、兄達のようになりたい。ならなければならないと思っていた。思い込んでいた。

誰も、ルクリュスにそんなことを強いてはいなかったというのに、自分で自分を追い込んでしまっていたのだ。

「若気の至りだな」

まだ己の可愛さを完全に受け入れることも適切に活用することもできなかった未熟な自分を思い、ルクリュスはふっと息を吐いた。

寝台の上に身を起こしたルクリュスは、いつも持ち歩いているハンカチをポケットから取り出し、軽く握りしめた。

テオジェンナは、あの時のことを覚えているだろうか。

「いや、無理かな」

テオジェンナはルクリュスが目の前にいる時はだいたい錯乱しているか呼吸困難に陥っているか死にかけているかなので、記憶に期待するのは酷だろう。

本人も「生きているだけで奇跡だと讃えてくれ！」と訴えるぐらいだ。


「ルクリュス。帰っているのかしら？」

部屋の外から母に呼びかけられて、ルクリュスは寝台から下りて扉を開けた。

「僕はテオに送ってもらったんだ。ロミオ兄様は帰ってきた？」

「ええ」

母のルリーティアはルクリュスによく似ている。愛らしい顔立ちといい、息子を八人も産んだとは思えない華奢な身体といい、いまだに少女のようだ。

しかし、見た目で判断してはいけない。

彼女は岩石を七つと小石を一粒産んだたくましい女性なのだ。

「馬車の中で二人きりなんて……テオちゃんは大丈夫だったの？　降りる時にちゃんと生きているか確認した？」

「大丈夫。ちゃんと生きてた」

「そう……でも、家に着くまでに容態が急変した可能性もあるし、後で無事だったか確認しておかないと」

ルリーティアは小首を傾げて呟いた。彼女は自らの産んだ八男の前ではテオジェンナの命は風前の灯火のようなものだと思っている。

「いい？　ルクリュス。決して急《せ》いては駄目よ？　テオちゃんの限界を見極めてぎりぎりを攻めるのよ」

ルリーティアはおっとりした口調のまま言った。

「心配しないでよ、母様」

ルクリュスは母親似だ。外見のみならず、中身もそっくりだった。

「ルクリュス、貴方は私に似てしまった。決して岩石にはなれない。でも、剣を握る力がない代わりに、剣より強い武器を持って生まれてきたのよ。そう――『可愛い』は武器よ！」

ルクリュスはふっと笑った。

「わかってるよ、母様。この見た目を最大限に利用して、可愛いもの好きのテオを落としてみせるさ」

「それでこそ私の息子だわ」

愛らしい母子は花が綻ぶような笑顔で微笑み合った。

第9話　スフィノーラ侯爵の受難

　ギルベルト・スフィノーラ侯爵は由緒《ゆいしょ》正しいスフィノーラ家の血を引く者として、息子と娘を厳しく育ててきた。

　スフィノーラ家は代々軍の要職に就いてきた家系だ。自分の子供達も立派な軍人となるように鍛えた。

　もちろん、強制するつもりはない。他に進みたい道ができたならそちらを目指せばいい。そうなったとしても、過酷な訓練に耐えた肉体と精神は決して無駄にならないだろうと思っていた。

　幸い、子供達は二人とも健康にたくましく育ってくれた。

　嫡男は期待通りに優秀な軍人となったし、娘もまた軍人家系にふさわしく、勇敢で凛々しい、どこに出しても恥ずかしくない――


「お嬢様が馬車の中で死んでるぞ！」

「何があったの⁉」

「えっ！　ルクリュス様と一緒に帰ってきた⁉」

「なんて無謀なっ！」

「無茶しやがって……っ」

馬車の中からぐんにゃりと脱力した状態で現れ地に伏したテオジェンナを、使用人達が助け起こす。

幼馴染と一緒に帰宅したというだけで、どうして『戦士の帰還』みたいな雰囲気になっているのか理解できない。

ギルベルトは重たい溜め息を吐いた。

（テオジェンナよ……早く気づくのだ！　ルクリュス・ゴッドホーンは『可愛い小石ちゃん』などではない！）

ギルベルトの脳裏に、三年前のある日の光景が蘇った。

それは十四歳になったテオジェンナに縁談が持ち込まれた頃のことだ。

縁談といっても、親戚からの『もしよかったら一度顔合わせを〜』程度の軽いもので、テオジェンナもそろそろこうした顔合わせの茶会などに参加しなければならない年頃になったか、とギルベルトは複雑な心境になった。

鍛錬ばかりしている娘はまだまだ縁談には興味がなさそうだが、とりあえず帰ったら話をしてみよう。軍部の執務室で業務をしながら、ギルベルトはそう考えていた。

そこへ、部下が入ってきて『ゴッドホーン家の子息が訪ねてきている』と告げてきた。

「私に？　ガンドルフに用があるのではないのか？」

ギルベルトは首をひねった。

とりあえず通すように命じると、ややあって姿を現したのは小さな少年だった。

「私に何の用かな？」

ギルベルトの質問に、ルクリュス・ゴッドホーンはにっこりと笑った。

「お願いがあるんです」

「お願い？　私にか？」

ギルベルトは不思議に思いながら話を促した。

ルクリュスはくりっと小首を傾げ、頬を赤く染めて言った。

「テオのことなんですけど」

少し困ったように眉を下げるルクリュスを見て、ギルベルトは「ついにきたか」と息を呑んだ。

娘のテオジェンナは、勇敢で凛々しくて、どこに出しても恥ずかしくないまっすぐな少女に育った。

だがしかし、どういうわけかこの少年、ルクリュスを前にすると恥も外聞も礼節もかなぐり捨てて「今日も小石ちゃんが可愛いぃぃぃぃぃっ!!　昨日も可愛かったけどぉぉぉっ!!　昨日の可愛さに今日の可愛さが足されて、明日になればさらに明日の可愛さも加わってしまう！　どうしたらいい!?　私は生きて明日を迎えられるのか!?　試される私!!」などと喚いてのたうち回るのだ。

ルクリュスの兄達は「お。今日の発作か！」「昨日釣ったサバより活きがいいな！」と好意的に見てくれているが、顔を合わせるたびに奇声を上げられるルクリュスからすればいい加減にうんざりしていることだろう。

とうとう耐えかねて直談判《じかだんぱん》しにきたのかもしれない。

ギルベルトは眉間にしわを刻んで嘆息した。

「すまない。テオジェンナが迷惑をかけて。しかし、あの子はもう十四だ。後一年と少しで学園に入学だし、そろそろ婚約のことも考え始める年頃だ。今までのように頻繁に遊びに行くことはできなくなるから……」

「は？」

不意に、ルクリュスの声音が剣呑《けんのん》な調子を帯びた。

「スフィノーラ侯爵。貴方は何もわかっていない」

ルクリュスは『やれやれ』とでも言いたげに肩をすくめて首を横に振った。

「なんだと。どういうことだ？」

「テオジェンナのことですよ。『婚約を考え始める』？　馬鹿も休み休み言ってください」

泣く子も黙る軍人スフィノーラ侯爵を前にして、ルクリュスはあからさまに嘲笑《ちょうしょう》を浮かべる。

ギルベルトはさっと顔を怒りに染めた。

「我が娘の婚約について、なぜ貴様に口を挟まれなければならん？」

普通の男なら腰を抜かすであろうギルベルトの威圧に、しかしルクリュスはなんら怯むことなく言い放った。

「決まっているでしょう？　近所に住む男の子を見ただけで興奮して頭を抱えてのたうち回る令嬢に、まともな男がついていけると思いますか⁉」

「むうっ！」

痛恨の一撃に、ギルベルトは歯を食いしばって顔を歪めた。

薄々気づいていたことを指摘され、ギルベルトは歯噛みした。

確かにテオジェンナはルクリュスを前にすると正気を失う。誰にも止められない。

「わざわざそんなことを言いにきたのか？」

「いいえ。ご親戚の伯爵家と縁談があると聞きまして」

「待て。なぜそれを知っている？」

ルクリュスはしれっと答えた。

「風の噂で聞こえまして」

嘘《うそ》だ。まだ誰にも、妻にも相談していないというのに、第三者が知っているはずがない。

ギルベルトは警戒した。ただの可愛らしい子供だと思っていた知人の息子が、急に得体の知れない存在に思えてきた。

「縁談は受けないでください」

いぶかしむギルベルトの前で、ルクリュスは飄々と言った。

「今回だけじゃなく、今後一切」

「何を言っている。君にそんなことを決める権利はない！」

親しい同僚が目に入れても痛くないほど可愛がっている愛息子《まなむすこ》であっても、無礼な言動にギルベルトの口調もきつくなる。

「権利とか関係ないんですよ」

ルクリュスはギルベルトの怒りにも怯える様子を見せず、むしろ少し苛立ったように腕組みをした。

「そもそも、僕がテオに『お見合いなんかしないで』と言えば、テオは喜んで言うことをきいてくれるので」

「それは……」

ギルベルトは口をつぐんだ。

そんなことはない、と否定したいが、脳内の愛娘は「小石ちゃんのおねだりならば、この命に代えても叶《かな》えてみせようホトトギス‼」と荒ぶっている。

現実のリアクションもおそらく似たようなものだろう。

「直接テオにお願いしたほうが簡単に済む話だけど、そこをテオの父君《ちちぎみ》に敬意を表してわざわざ頼みにきてやってるんですよ」

なぜか恩着せがましい態度のルクリュスに、ギルベルトは怒りを通り越して呆れの境地に至った。

この少年は、父と兄達に可愛がられすぎたせいで、まだ世間知らずで怖いものなしなのだろう。

まともに相手をする必要はない。

「話はそれだけか。私は忙しい。出ていきなさい」

一方的に話を打ち切って退室を促すと、ギルベルトは興味をなくしたように仕事に戻ろうとした。

だが、ルクリュスは引き下がらなかった。

「話はまだ終わってませんよ」

「もういいから帰りなさい。これ以上駄々をこねると父君を呼ぶぞ！」

ギルベルトは厳しい口調で叱りつけて、ルクリュスを追い出そうとした。

「へぇ……」

ルクリュスはくりっと首を傾げた。

「スフィノーラ侯爵は、やっぱりとぉっても忙しいんですねぇ」

含みのある言い方に、ギルベルトは書類から顔を上げた。

天使のように、いや天使より可愛いと娘が力説する少年の顔が、にたり、と悪魔の笑みを浮かべたのをギルベルトは確かに目にした。


「スフィノーラ侯爵といえば、誰もが声を揃《そろ》えてその高潔な人格を讃えますよねぇ」

念押しするような喋り方をするルクリュスに、ギルベルトは困惑して眉根を寄せた。

「何が言いたい？」

「いやぁ～、僕はただ、スフィノーラ侯爵が『高潔』『質実剛健』という言葉通りの御仁だと、誰もが認めていると言っているだけですよ？」

言葉の表面だけを聞けばこちらを褒めているようだが、ルクリュスの表情はその正反対、むしろギルベルトを嘲《あざけ》っているように見える。

「いい加減にしろ！　私に何か言いたいことがあるなら、はっきり口に出したらどうなんだ！」

机を叩いてそう言ったギルベルトに、ルクリュスはクッと唇の端を歪めた。

「いえ、そんな。僕がスフィノーラ侯爵様に言えることなんて……僕はただ、高潔な侯爵様が月に二、三度、誰にも見つからないように夜の町に消えていく理由を教えてほしいなって思っただけで」

もしもここに第三者がいたら、常に冷静沈着な歴戦の勇士が音を立てて青ざめるのを目にすることができただろう。

「なんでも、とある宿屋を贔屓《ひいき》にしているとか」

「……なんの話だっ」

目を逸らして誤魔化そうとするが、ギルベルトの手は震えていた。額に汗がにじむ。

（馬鹿なっ……この子供が『あのこと』を知っているはずがないっ！　これしきの揺さぶりで動揺するな！）

ギルベルトは自分に言い聞かせた。

「テオは何も知らないみたいですねぇ。奥様には話しているんですか？　侯爵様の秘密のお楽しみのこと」

ルクリュスは追及の手を緩めようとしない。

「……なんのことだか、わからんな」

「往生際《おうじょうぎわ》が悪いですねぇ。恥ずかしがらなくてもいいじゃないですか。僕もそれを知った時はびっくりしましたけど、軍人なんかやっていると癒やされたくなるのも無理ないですよね。皆もわかってくれますよ」

ルクリュスは目を眇《すが》めて声を低めた。

「もうすっかりわかっているんですよ。貴方が町の宿屋の一室で何をしているか」

「……嘘だ！　そんなわけがっ」

「嘘じゃありませんとも。貴方が可愛いのとか綺麗《きれい》なのとかを手にして、誰にも見られないようにこそこそ歩いていたという証言もあります」

「なん、だと……っ？」

ギルベルトは愕然《がくぜん》として目をみはった。

いつどこで、誰に見られていたというのだろう。細心の注意を払っていたつもりだったのに。

「いやあ、でも、今でも信じられませんよ。まさか、泣く子も黙るスフィノーラ家の武人が……『本当は剣よりも針を持つほうが得意で、こっそり宿の一室で可愛いぬいぐるみや刺繍《ししゅう》入りのハンカチ、綺麗なレース編みを自作している』だなんて！」

「くぅぅっ……！　やめろぉぉっ！」

ギルベルトは頭を抱えて苦悩の叫びを上げた。


武勇を誇る名門スフィノーラ家の嫡男として生まれ、自らもまた武人となるべく生きていたギルベルトが裁縫に興味を持ったのは、祖母の手から生み出される美しい作品の数々を目にしたゆえだった。

手芸好きの祖母はいつ見ても常に手を動かして何かしらを作っていて、幼少のギルベルトは糸と布が見る間に形を変えていくのを眺めて不思議な気持ちになった。

祖母の隣に座って他愛《たわい》ない話をしながら、ギルベルトはじっと手元を眺めていた。

それから何年も経ち、軍人となったギルベルトはある日亡くなった祖母の手芸道具と作りかけのぬいぐるみを見つけた。

その時、ギルベルトはなんとなく針を持って、作りかけのぬいぐるみに刺してみた。

ちくちく、ちくちく、と、無心に針を動かすだけで、形が作られていく。

その単純作業に、いつしか熱中していた。

祖母の手芸好きがギルベルトの魂にも受け継がれていたのか、作る喜びにすっかり取り憑かれてしまった。

しかし、手芸など男のするものではない。

まして、武人として勇名を馳《は》せるギルベルト・スフィノーラが針を手にしている姿など、誰にも見られるわけにはいかなかった。

何度もやめようと思ったが、一度知った作る楽しさを忘れることができず、家人の目を盗んでちくちく針を動かした。

しかし、家の中ではいつ誰に見つかるかわからない。

そこで、月に二、三度、仕事帰りに町の宿に部屋を借り、思う存分手芸を楽しむようになった。

作るのは可愛いぬいぐるみや刺繍入りのハンカチ、綺麗なレース編みなどだ。

作ったものはある程度溜まったら匿名で孤児院に寄付していた。

そうして、長年にわたって誰にもバレることなく趣味を楽しんでいたのだが、ここにきて予想外の難敵が現れた。

同僚の息子——ルクリュス・ゴッドホーン。

（なぜだ⁉　なぜ、奴が私の秘密を知っている⁉）

ギルベルトの内心は大混乱だった。冷静な態度を取ることが難しくなるほどに。

（落ち着け！　何も証拠はない！　こんな子供が何を言ったところで、認めなければいいだけだ！）

「ふっ……なんの話だかわからないな。君の勘違いだろう」

「勘違い……？　え～、じゃあ、学生時代に詩作にハマって自作したというこの詩集も僕の見違いなのかな？『おお！　太陽の欠片《かけら》、光の子ら！　雨の檻に囚われながらも輝きを失わぬ気高き天空の戦士よ！　今は厚い黒雲に支配された空だとしても、いつの日にかお前達の清らかな魂が天に届き、愛を歌う小鳥達が祝福の歌を……』」

「ぐあああっ！　やめろぉぉっ‼」

自作の詩を目の前で朗読されるというこの上ない苦痛と恥辱を味わわされ、ギルベルトは頭を抱えて絶叫した。


可愛い顔をした少年に恐るべき拷問を加えられたギルベルトは、息も絶え絶えになりながらも気丈に顔を上げた。

「なぜだ……っ、どこでそれを手に入れたっ⁉」

「秘密を守るのって、とても難しいことですよね……」

ルクリュスは遠くをみつめる目をして、曖昧《あいまい》に言葉を濁した。

「さて、素敵なポエムを首に巻かれたウサギのぬいぐるみがスフィノーラ家に届くか否《いな》かは侯爵様の返答しだいですが」

「きっ、貴様ぁっ……！」

ギルベルトはぎりりと歯を食いしばった。

「私はっ、スフィノーラ侯爵家の名にかけて、こんな脅しに屈するわけには……っ！　テオジェンナの未来のためにも！」

『王国の剣』『ケルツェントの金の矛』と呼び称された家名を汚すわけにはいかない。ギルベルトはその覚悟を胸に刻んだ。

「『罪の花、咲き誇る偽りの楽園に、彷徨《さまよ》うは我が心……紅《くれない》の花の道を征《ゆ》きし名も知らぬ戦士達の導きによって、いざ虹《にじ》の扉を開かん……』」

「ぐはあああっ‼」

ギルベルトは胸を押さえて倒れ込んだ。

「お、おのれ……悪魔め！」

地に伏したギルベルトを見下ろして、ルクリュスは悠然と身を翻した。

「それじゃあ、また来ますね。お願いした件については、どうぞ、賢明なご判断を……」

脅し文句の余韻を残しながら扉を閉め、ルクリュスは去っていった。

後に残されたギルベルトは、力なく床に這《は》いつくばることしかできなかった。


それからもルクリュスはちょくちょくギルベルトの執務室へ現れては、どこから入手したのか、ギルベルトお手製の『花柄クマちゃん』や『おめかしウサちゃん』を持ち込んだり、詩を朗読したり、その詩の解説を求めてきたりしてギルベルトを苦しめた。

悪魔の所業である。

(あの悪魔……っ！　学園に入学してついに本格的に動き出しおったな！　頼む、テオジェンナ！　あの悪魔に捕まらずに逃げ切るのだ！)

ギルベルトには祈ることしかできない。

だが、ギルベルトの祈りもむなしく、テオジェンナはいまだにルクリュスの本性に気づかず、『可愛い小石ちゃん』だと信じている。


「はうあああ～小石ちゃんの残り香に包まれて帰宅するなんて……ぜ、贅沢《ぜいたく》すぎて神罰が下ってしまう！　神よ！　罪深きジャイアントゴーリランをお許しください！」

馬車に向かってひざまずいて神に懺悔《ざんげ》する愛娘を見守って、ギルベルトは目尻を拭った。

第10話　それぞれの決意

「……テオは無事に家に帰り着いたんだね。よかった。ご苦労様、ハンゾウ」

飛んできた小鳥を指先にとめて、チチチ……と鳴き声を聞いた後でルクリュスはその労をねぎらった。

「他に報告のある者はいるかな？」

ルクリュスは自分の周りに集まった小鳥やリス、猫やネズミといった小動物を見渡して尋ねた。

ここはゴッドホーン家の裏庭の人目につきにくい一角である。

ルクリュスはいつもここで定期報告を受けている。

集まった小動物は、ルクリュスが仕込んだ偵察用の部下達だ。

幼きあの日、剣を振るう才がないことを受け入れたルクリュスは、では自分に何ができるかを考えた。

そこで、庭にやってくる小鳥を餌付《えづ》けして、自分の言うことをきくように仕込んだ。

今では尾行はお手の物。簡単な言葉も理解して、喋ることはできないが文字盤を使って意志の疎通が可能だ。

情報は力だ。情報を握った者が戦況を左右する。

戦士になれないのなら、裏から戦いを操る力を手に入れてやる。

情報集めにはこの顔面も武器になる。

ルクリュスが小首を傾げて尋ねれば、たいていの人はなんでも答えてくれる。

そう、たとえば、平素は口の堅い宿屋の主人でも、うっかり口が滑って『身なりのいい貴族らしき常連客』の話を漏らしてしまったりするのだ。

「生徒会の連中には釘を刺したし、スフィノーラ侯爵は脅せば僕の言いなりだ。後はテオの意識を変えるだけだ」

とはいえ、それが一番手強い。

「ま、なんとかしてみせるさ」

ニヤリと不敵に笑みを浮かべる少年の姿は、何も知らない者が見ていたとしたら『小鳥やリスなどの小動物に囲まれて楽しそうにしている愛らしい男の子』という大層メルヘンチックな光景であった。

＊＊＊

「はあ……」

学園の中庭で木陰に腰掛けて、テオジェンナは溜め息を吐いた。

「昨日の記憶がない……」

ルクリュスを生徒会室に連れていったところまでは確かなのだが、その後の記憶があやふやなのだ。

どれが現実でどれが夢なのか判別がつかないのだが、天国へ行ったことは確かだ。ルクリュスと二人で馬車に乗って夢のような風景の中を旅した記憶がある。

「いや、あれはまぼろしだったか……？」

「何がまぼろしなの？」

「ヒッ……」

考え事に集中していたテオジェンナは、ひょいっと顔を覗き込まれて引きつった声を上げてショック死した。

「ちょっと⁉　テオ？　なんでいきなり失神……息してない⁉」

ルクリュスは顔を覗き込んだだけで死んだ幼馴染を必死に揺り起こした。

「……はっ！　私はいったい⁉」

「よかった……生き返った……」

見事に蘇生したテオジェンナに、ルクリュスは胸を撫で下ろした。

あのまま死なれていたら死因はなんと判断されるのだろう。可愛さの過剰摂取による心臓麻痺とかだろうか。

「はうっ？　ル、ルルリュクリュシュ⁉」

「うん。昨日はありがとうね、テオ」

にっこりと微笑むルクリュスに、テオジェンナの腰が抜けた。

「うわああ！　可愛さで肋骨が軋《きし》む！　腰骨が砕け散る！　私の骨はもう限界だ！」

「なぜ……」

話しかけただけで骨になんらかのダメージを受けているテオジェンナを助け起こそうかどうし

ようか迷っていると、ルクリュスの背後から誰かが声をかけてきた。

「どうしました？　お困りごとですか」

「あ、いえ……」

話しかけただけで限界らしいので、助け起こしたら本当に骨が砕け散るか、もしくはまた死ぬんじゃないかと思い、助け起こすのをためらっているという現在の状況をなんと説明していいかわからず、ルクリュスは曖昧な微笑みを浮かべて振り向いた。

そこに立っていたのは、まだ若い神父だった。

「おや、貴女は先日の……」

地に倒れて腹を押さえているテオジェンナを見て、ハンネスは手を差し伸べた。

「大丈夫ですか？」

「は……あ、神父様」

ルクリュス以外の顔を見て正気に戻ったのか、テオジェンナがすっくと身を起こした。

「ご心配なく。倒れるのには慣れていますので」

「そうですか……お気をつけください」

神父は静かに頷くと、テオジェンナの傍《かたわ》らのルクリュスに視線を移した。

「こちらの方とは初めましてですね。私はコール・ハンネスと申します」

「あ、どうも初めまして。一年のルクリュス・ゴッドホーンと申します」

ルクリュスがぴょこりと頭を下げる。テオジェンナが「可愛いぃぃっ！」と悶えた。

「仲がよろしいのですね」

ハンネスがルクリュスとテオジェンナを見て穏やかに微笑んだ。

「ええ。幼馴染なんです」

ルクリュスが答えると、ハンネスはわずかに首を傾げた。

「そうですか。お似合いですので婚約しておられるのかと思いました」

「ほげぇっ！」

テオジェンナが奇声を上げてぶんぶん首を横に振る。

「そんなとんでもない！　私なんかがお似合いなんてそんなことがあっていいわけがない！　神罰がくだるぞ！」

「テオ。神父様に向かって神罰とは……」

「なぜにご自分などはと卑下なさるのでしょう？　スフィノーラ家は名高い貴族ですのに」

「わっ、私は……っ、何よりもルクリュスの幸せを願っている！」

本当に不思議そうな顔で言うハンネスに、テオジェンナは顔を真っ赤にして訴えた。

「ルクリュスには、ルクリュスの次くらいに可愛い女の子じゃないと……そう、ルクリュスには『世界で二番目に可愛い子』がふさわしいんです！　だから、私はルクリュスの幸せのために、そんな相手を見つけてみせる！」

それが自分の最大の願いなのだと、テオジェンナは己の未練を抑えつけて言い切った。

それを聞いたルクリュスは心の中で舌打ちした。

(世界で何番目だろうが、僕にとっての一番じゃなきゃ意味ないっていうのに……)

ルクリュスは改めて心に決める。

(テオが良くも悪くも僕の可愛さに翻弄《ほんろう》されているのなら、全力で可愛さを見せつけて、虜《とりこ》にし続けてやる！)

かつて、一度は疎《うと》んだこともある『可愛さ』を最大の武器として、この強情な自称岩石その8を逃げられないように囲い込んでみせる。

ルクリュスは静かな、しかし熱のこもった眼差しを幼馴染に送った。


そのルクリュスをじっと眺めていたハンネスの口元に、ふっと小さな笑みが浮かんだ。

＊＊＊

「というわけでユージェニー。親戚か知人に可愛い子はいないか？」

「貴女には紹介できないわ」

友人からの問いに公爵令嬢は沈痛な面持ちで首を振った。

「なぜだろう。殿下にもそう言われた」

不思議そうに首をひねるテオジェンナに、ユージェニーは呆れて肩をすくめる。

ちなみにここは朝の生徒会室であり、テオジェンナの発言が聞こえていたレイクリードは頭を抱えている。

この調子では顔見知り全員に「可愛い子はいないか？」と尋ねて回る残念な侯爵令嬢が誕生してしまう。いや、すでに残念ではあるのだが、なんていうか。

「スフィノーラ侯爵家の令嬢が可愛い子を狩り集めようとしているなんて噂が立ったらどうするの。侯爵ご夫妻やトラヴィス様にも迷惑がかかるわよ」

ユージェニーに厳しい口調でたしなめられて、テオジェンナはしょんぼりと肩を落とした。

「う……でも、可愛い子探しにでも集中していないと、この胸を焦がす情熱があふれて爆発しそうなんだ。小石ちゃんが可愛すぎて、何か他のことで気をまぎらわせないと私は理性を失ったジャイアントゴーリランに成り下がって勇者に退治されるかもしれない」

相変わらずありえない想像をして怯えるテオジェンナに、生徒会の面々は溜め息を吐いた。心配しなくても、勇者だってそんなに暇じゃないだろう。

「勇者が存在するなら、侯爵令嬢を倒す前に犯罪者を退治してほしいよ」

「まったくだ。近頃犯罪率が上がっているため、生徒への注意喚起を行うという話し合いの途中だろうが。真面目にやれ」

ジュリアンの呟きにレイクリードが同意して、一同は頭を切り替えて生徒会の業務に戻った。

「平民街では相変わらず窃盗《せっとう》が多いってな」

「最近は誘拐も増えているらしいぞ」

「うちの学校の生徒でも、一部の奴等《やつら》は怖いもの見たさで危ない場所に足を踏み入れたりしているからな。危険な目に遭わないように平民街や貧民地区に行かないように指導しないと」

「最近の犯罪組織はなかなか知恵をつけてきているって親父《おやじ》がぼやいてたな。文書偽造とかも増えているそうだ」

噂や目撃情報などを報告しあって、生徒達へ行う注意喚起の内容を決める。テオジェンナも一旦ルクリュスのことは忘れて会議に加わった。


王都の中にも治安の悪い場所はある。学園に入学したばかりの一年生が二、三年生にそそのかされたりちょっとした冒険心でそういった場所に足を踏み入れないように指導するのが、この時期の生徒会の一番大事な仕事なのだ。

「家では良い子だったのに、学園に入って仲間とつるむと気が大きくなって馬鹿をやらかす奴っているからなあ」

「付き合う相手に染まっちゃう子は要注意だな」

会議が終わった後、テオジェンナはジュリアンとケインが話していた内容を思い出して思案した。

『付き合う相手に染まる』

確かに、優等生に悪い友人ができて人が変わったように不真面目になってしまうような例もある。仲良くなればなるほど相手の影響を受けるものなのだろう。

（しかし、岩石に囲まれて育った小石ちゃんはいつまでも愛らしいままだ。小石ちゃんの愛らしさは誰にも変えることができないということか！）

小石ちゃんが絶対不変の可愛さを有していると確信して、テオジェンナは深く頷いた。

＊＊＊

如何《いか》にして可愛い子を探すか。

テオジェンナは授業中もずっと頭を悩ませていた。

（闇雲に可愛い子を探したって、小石ちゃんレベルの可愛い子なんて見つかりっこない）

テオジェンナ一人が友人や知人に尋ねて回ったところで、狭い世界の情報しか集まらないだろう。

もっと効率よく、広範囲で可愛い子を探す方法はないだろうか。

（私に、どこかにいる可愛い子を探知できる能力があれば……っ！）

くっと唇を噛みしめて己の無力さを嘆いているテオジェンナのもとに、授業が終わってまもなくセシリアがやってきた。

「是非、テオジェンナ様を我が家に招待したくて」

はにかんだ笑顔と共に差し出された封筒からはふわりと花の香りが立ち昇った。

「妖精の家に……っ？」

テオジェンナはためらった。

学園内でのお茶会でさえ形を保つのが大変だったというのに、可愛らしいセシリアの家に行き、可愛らしい空気を吸って、可愛らしさに四方を取り囲まれてしまっては、テオジェンナはなすすべもなく崩れ落ちるしかない。

「招待は嬉しいが、スフィノーラ侯爵家の者が貴家の敷地で溶けたり全身の骨が砕けたりしたら、ヴェノミン伯爵家に迷惑がかかるだろう」

「我が家で溶けたり骨が砕けるご予定が……？」

テオジェンナは自らの命の危険とヴェノミン伯爵家の迷惑を考慮して辞退しようとしたのだが、セシリアは困ったように目を伏せると悲しげに声を震わせた。

「申し訳ありません……。実は、ロミオ様をご招待するのにテオジェンナ様にご協力いただければと思ったのです……。でも、自らの恋のためにテオジェンナ様を利用するだなんてあまりに失礼でしたわ。浅はかな小娘と思ってお許しくださ い……」

「いや！　私でよければ協力しよう！」

テオジェンナは勢い込んで言った。

溶けたり骨折したりする恐れはあるが、それがどうした。

妖精の恋を応援しないなど許されない。骨など勝手に折れればよいのだ。

「よかった。では、この招待状をロミオ様に渡していただけますか？」

「ああ！　任せろ！」

テオジェンナが招待状を受け取ると、セシリアはにっこりと笑った。

花が綻ぶような笑顔に、テオジェンナは目元を押さえてよろめいた。

（やっぱり可愛い～っ！　この子が世界で二番目に可愛い子なんじゃあ？　この子を超える可愛さなど、小石ちゃん以外にいないのでは!?　でもセシリア嬢はロミオが好きなんだ。小石ちゃん

には別の可愛い子を……はっ！　セシリア嬢がロミオと結婚したら、彼女はルクリュスの義姉に⁉）

「世界一可愛すぎる姉弟《きょうだい》が誕生してこの世のすべての花々が満開になり澱《よど》んだ泉が浄化されあらゆる戦乱が終結し罪人が改心してしまう！　我々は奇跡の目撃者になる‼」

「あ。もちろんルクリュス様もご招待いたしますわ」

テオジェンナの暴走妄想には触れず、セシリアは「楽しみです」と微笑んで教室を出ていった。

＊＊＊

「というわけで、そこの砂袋で私を打ち据えてくれ！」

「なんでだよ」

呼び出されてスフィノーラ家の屋敷を訪れたロミオは、渡された砂の詰まった皮袋から手を離した。皮袋がドッと重たい音を立てて地面に落ちる。

こんな物で侯爵令嬢を打ったりしたらロミオに未来はない。下手すりゃ捕まる。

「ルーのクラスメイトに招待されたまでは理解できるが、『というわけで』から先の内容がまったく理解できねえよ」

「妖精の家に行くんだぞ⁉　可愛さの暴力でめった打ちにされても倒れずに済むように、心身ともに鍛えておかなくてはならん‼」

「自宅に招待した侯爵令嬢が打撲痕《だぼくこん》だらけで現れたら、妖精だろうが伯爵令嬢だろうがショックで失神するわ‼」

ロミオはテオジェンナの奇行には慣れっこだが、好き好んで相手をしているわけじゃない。慣れているからといって、面倒くさくないわけではないのだ。本音を言えば、そろそろ落ち着いてほしいと思っている。

（とっととルーと婚約させちまえばいいのに）


実はルクリュスとテオジェンナの婚約話はゴッドホーン家でも何度も話題に上っている。

ただ、「今、僕と婚約なんてしたらテオが死んじゃう」とルクリュスが瞳をうるうるさせて訴えるので、他の家族も「それはそうだ」と納得して先送りにしているだけである。

貴族の婚約にはさまざまな思惑が絡むことが多いが、息子の可愛さで相手の娘が死ぬかもしれないという特殊な事情で二の足を踏んでいるのはゴッドホーン家ぐらいだろう。

「いい機会だから、ヴェノミン伯爵家で『可愛さ』とやらに慣れさせてもらえよ」

「無理だ。おそらく当日の私は使い物にならないだろう。いざという時は私を置いていけ。ルクリュスを頼んだぞ」

テオジェンナはきりっとした顔つきで言った。

弟のクラスメイトの家でどんな『いざ』があると思っているのか、ロミオにはさっぱりわからないが、適当に頷いておいてやった。

＊＊＊

ロミオがテオジェンナの暴走に付き合っていたその頃。

「あの女郎蜘蛛め……」

ルクリュスはテオジェンナとは違う意味で不安を抱いていた。

手にした招待状を忌々《いまいま》しげに睨み、舌を打つ。

ルクリュスを苛立たせているのは、ロミオを誘《おび》き出すためにテオジェンナを利用するセシリアの狡猾《こうかつ》さだ。

奴はテオジェンナを巻き込めばルクリュスが邪魔できないと知っている。

(冗談じゃない。女郎蜘蛛の館なんかに誘い込まれたら、純朴なロミオ兄様が食われてしまう)

招かれたセシリアの家は、テオジェンナにとっては『空気まで可愛い妖精のお家』だが、ルクリュスにとっては『女郎蜘蛛の巣』だ。

セシリアの目的はロミオを籠絡して既成事実を作ることだろう。

必ず阻止してみせる、とルクリュスは決意した。

第11話　妖精の企《たくら》みと恋の炎

ルクリュスとロミオが馬車を降りた時、ちょうどスフィノーラ家の馬車が門をくぐって入ってくるのが見えた。

「お。来たな」

兄弟は馬車が停《と》まってテオジェンナが降りてくるのを待った。

だが、御者が馬車の扉を開けた時、そこにあったのは倒れて動かないテオジェンナの姿だった。

「いや。なんでだよ！」

ロミオが突っ込みを入れながらテオジェンナを助け起こして、馬車から引きずり下ろした。いくらなんでも死ぬのが早すぎる。

「テオ、大丈夫？　死因は何？」

「う、うう……妖精のお家……私、私はもう、門構えを見ただけで心臓が猛《たけ》り狂って限界だ！」

「門構えですでに……？」

「ロミオ様！　テオジェンナ様！　ルクリュス様！」

鈴を転がすような声がして、セシリアが満面の笑顔で手を広げた。

「ようこそいらっしゃいました！」

「ぎゃあーっ！　可愛い子が可愛い子の自宅から出てきて可愛い笑顔で近寄ってくるーっ!!　可愛さを前に、私には迎え討つ手がない!!」

「テオ、落ち着いて。迎え討つ必要はないんだよ」

まだ家に入ってもいないのに、すでに充分に仕上がっているテオジェンナを支えながら、ルクリュスはセシリアの全身に目を走らせた。

やわらかな黄色のドレスを揺らして駆け寄ってくる姿は、テオジェンナからしたら『この世のすべてから祝福された春の妖精の舞い』であるが、ルクリュスからすると『自らの巣で完全武装で獲物を待ち構えていた捕食者』にしか見えない。

その微笑みの裏で舌舐めずりしていることだろう。

だが、ルクリュスとて無防備で危険生物の巣に足を踏み入れるほど愚かではない。

「お招きありがとう、セシリア嬢。ほら、兄様も」

「おう。招待感謝するぜ。これ、ルーが選んだ花束なんだ。受け取ってくれ」

ロミオが抱えていた花束をセシリアに手渡した。

セシリアは大きな花束を抱きかかえるようにして受け取った。

「まあ。ありがとうございます。とっても素敵な……これは、ホシューランの花ですわね。超強力な消臭効果があって、古くから戦場で死体の臭い消しに使われていたため兵士の間では『死人《しびと》花《ばな》』と呼ばれている……」

「さすがセシリア嬢！　花に詳しいんだね。ねえ、兄様。セシリア嬢には花がよく似合うと思わない？　そうだ！　兄様、セシリア嬢の髪に花を飾ってあげなよ」

ルクリュスが輝かんばかりの笑顔でロミオを誘導し、セシリアの髪に超強力な消臭効果のある花をさすように仕向ける。

「うん？　こんな感じか？」

「まあっ……！」

ロミオが深く考えず照れもせず、花を一輪、セシリアの髪にさくっとさした。

恋する相手に髪に花を飾ってもらうのは乙女の憧れのシチュエーションだろう。

たとえそれが、この日のために用意された『媚薬効果のある香水の甘い匂いを打ち消す超強力消臭花』であったとしても。

もちろん、ルクリュスはそれを狙っていたのだ。

ルクリュスから手渡された花束ならば、セシリアは笑顔のまま膝で真っ二つにへし折って地面に叩きつけて靴底で踏みつけるぐらいのことはためらいなくやるであろうが、ロミオから手渡されたなら大事に抱きかかえるし、髪に飾られたら花がしおれるまでそのままにしておくに違いない。

「ロミオ様……素敵ですっ。ありがとうございますっ」

セシリアもルクリュスの策略には気づいているが、目の前のロミオをみつめるのを優先している。

「が、岩石の国からやってきた騎士の無骨な手で髪に花を飾られてはにかむ妖精の国のお姫様……っ！　こ、このドラマティックでロマンチックな光景を絵画にして後世に遺さねば!!　ちょっと絵師連れてくる!!」

走り出そうとしたテオジェンナの袖《そで》を捕らえて暴走を止めたルクリュスは、ふっと口の端を上げた。

（お前の思い通りにさせるかよ）

その時、セシリアの背後に音もなく人影が立ち、甘い声が響いた。


「あらぁ。いらっしゃいませぇ」


甲高いわけでもなく猫撫で声でもない。しっとりとした大人の女性の声。

なのに、甘いとしか言いようのない声。

声を聞いただけで頭がぼんやりして、ふわふわした心地になる。まるで、声に含まれた快楽物質が脳に染《し》み込んでくるような、そんな声だった。

細身の白いドレスがゆらめき、そのわずかな動きだけで場の空気が一瞬で染め変えられたような感覚になる。

装飾品は身につけず、飾り気のない白いドレス姿だというのに、結《ゆ》い上げたゴージャスな金の髪だけで十二分に華やかだ。

「もぉ、お母様ったら。出てこないでと言ったのに」

「あらぁ。だって、セシリアのお友達ですものぉ。ちゃぁんとお出迎えしないとぉ」

セシリアによく似た女性は、「うふふ」と赤い唇で弧を描いた。

妖艶《ようえん》でありながら、どこか未完成な少女のように儚げで危うい雰囲気も併せ持つ、ヴェノミン伯爵夫人。

（親玉の登場ってわけか……）

ルクリュスは油断なくロミオの前に立ち、母娘がロミオに直接手を出せないように目を光らせた。

「妖精の国の女王キター!!　ここで審査に通らなければ永遠に妖精の姿が見えなくなる魔法をかけられて山中に捨て置かれるに違いない!!　私の醜い心根が暴かれる前に立ち去るべきか!?　やはりジャイアントゴーリランが妖精の国を踏み荒らすなど許されるはずがなかったのだ!!」

可愛い子ちゃんの母登場にテオジェンナが錯乱する。

騒ぎ出したテオジェンナをよそに、ルクリュスはセシリアの母への警戒を強めた。

ルクリュスの母であるルリーティアは、いつまでたっても少女の愛らしさを失わぬ可憐な女性だ。男の庇護欲を誘ってやまないタイプである。

対して、セシリアの母は声も仕草も魅惑的に見えるよう完璧に計算されているかのような、色気の吹き溜まりのような蠱惑的《こわくてき》な女性だ。

こういうタイプの女性とは関わったことがない。ロミオのみならず、テオジェンナも惑わされる危険性がある。

（やはり危険だ……この先はこの女が支配する女郎蜘蛛の館。油断はできない）

もしも、家の中に入ってなんらかの薬品かお香の匂いが充満していたら、急に気分が悪くなったふりをして帰るつもりだ。ロミオとテオジェンナに怪しい空気を吸わせるわけにはいかない。

そんな決意を新たにするルクリュスの前で、セシリアの母が艶然《えんぜん》と微笑した。

「うふふ。どうぞお上がりになって」

女郎蜘蛛の巣への招待だ。さながら自分達はおびき寄せられた哀れな獲物。だが、やすやすと食われてやるつもりはない。

「わ、私はこれ以上進めないいっ……ここに結界がある！　可愛いものしか通れない結界が‼」

存在しない結界に引っかかっているテオジェンナの背中をロミオがどついて前に進ませ、一行はようやくヴェノミン伯爵家の屋敷に足を踏み入れたのだった。

＊＊＊

明るい陽光にあふれた屋敷の中は、軍人一家のゴッドホーン家とスフィノーラ家の雰囲気とはまったく違い、どこか女性的でやわらかい空気に満ちていた。

「こちらの部屋へどうぞ」

セシリアの案内に従って通された部屋も明るく華やかで、質実剛健な自分の屋敷を見慣れた三人にはまぶしく見えた。

「わあ〜とっても素敵なお部屋ですねぇ！　お庭もすっごく綺麗だな〜」

満面の笑顔でにこやかにそう言いながら、ルクリュスはさりげなく窓に近寄って全開にした。

とりあえず妙な匂いはしないが、薬品の中には無味無臭のものもある。新鮮な空気の確保は必《ひっ》須《す》だった。

「妖精の家の窓辺でそよ風に吹かれる小石ちゃんっ……！　ロミオ、どうやら私の魂はすでに天に召されていたようだ！　こんな清らかな光景を目にして生きていられるはずがないっ……」

「そうか。大変だな」

目元を押さえてよろめくテオジェンナの戯言《たわごと》をロミオがさらっと流す。

「ほほほ。侯爵家のご令息とご令嬢が我が家を訪ねてくださるだなんて。セシリアのおかげで我が家の自慢が増えましたわ」

「もぉ～、お母様はあっちへ行っていらして！　皆様のおもてなしは私がするのです！」

「あらあら。では、お手並み拝見しようかしら」

頬をふくらませたセシリアが愉快そうに笑う夫人を追い出して部屋の扉を閉めた。

「ごめんなさい。お母様が……テオジェンナ様？　お顔が真っ赤で震えていらっしゃるわ！」

「テオ？　何やってんの？」

なぜか鼻と口を手で押さえていたテオジェンナに気づいて、セシリアとルクリュスが慌てふためいた。

「息をしろ、このアホ！」

息を止めていると悟ったロミオが後頭部を叩いて息を吐き出させた。テオジェンナは「ぶはあっ」と息を吐き出して荒い呼吸を繰り返した。

思わぬ奇行に戸惑うルクリュス達の前で、テオジェンナは何かに耐えるように顔を歪ませた。

「くっ……わ、私の吐く息で、この清浄な空間を汚すわけにはいかないっ……今すぐ息の根を止めなければ、私にここにいる資格はないのだっ」

(馬鹿じゃないの？)

自主的に息の根を止めようとしていたテオジェンナに、さしものルクリュスとセシリアも心の中でそう突っ込みを入れた。

「どこまで馬鹿なんだよ。お前がそんなふうだからあっちの話も進まねーんだよ」

ロミオははっきりと呆れを口に出した。あっち、というのはつまり、婚約話である。

セルフで息の根を止める女を大事な弟と添わせていいものか。と、ロミオは二人の婚約に少し反対したい気持ちになった。


「と、とりあえずお座りになって」

気を取り直したセシリアに勧められてテーブルにつく。小花模様の可愛らしいテーブルクロスの上に茶菓子とソーサーが置かれ、香り高いお茶がふるまわれる。

「どうぞ。お口に合えばよろしいのですけれど」

「わあ。さすが、カップもお洒落《しゃれ》だし、このテーブルクロスもセンスがいいねぇ〜」

にこにこと笑顔で心にもない褒め言葉を口にしながら、ルクリュスはテーブルクロスの端をぐっと掴んだ。

手に力を込め、呼吸を整える。集中しなければならない。勝負は一瞬。

(いざ尋常に——勝負!)

ふっ、と息を吐くと同時に、ルクリュスは渾身《こんしん》の力でテーブルクロスを時計回りに回すように引っ張った。掴む端を手早く変えて、テーブルクロスを上に載っている物ごと回転させる。目にも留まらぬ早業で、だ。

ロミオの前に置かれたお茶のカップがセシリアの前に移動したところで、何食わぬ顔でテーブルクロスから手を離した。

「ん？　なんか今、テーブルが動いたような……」

「気のせいだよ、兄様。テーブルが動くわけないじゃないか」

実際に、テーブルは動いていない。動いたのは、テーブルルクロスとその上に載っていた物だけだ。

「そっか。気のせいだな」

「ああ。気のせいか、いたずら好きの妖精の仕業だろう」

ロミオといいテオジェンナといい、岩石系は細かいことを気にしないし、鈍い。自身には真似できそうにないその大らかさがルクリュスは好きだった。

「まあ……ルクリュス様ってば、妙な特技をお持ちで……」

ただ一人、ルクリュスの早業を見抜いた腹黒系同族のセシリアが引きつった笑顔を向けてくる。

もちろん、目は笑っていない。

（特訓の成果だな）

ルクリュスは自宅の裏庭で、この日に向けて何度も何度も『上に載った物ごとテーブルクロスを回転させる技術』の練習に明け暮れた。

危険生物の巣に足を踏み入れるのだ。新たな技を身につけなければ、大切なものを守ることなどできやしない。

（お前の思い通りにはさせない……決して！）

ルクリュスはセシリアにしかわからないように得意げにふん、と鼻を鳴らしてみせた。

＊＊＊

（やはり侮れないわね……ルクリュス・ゴッドホーン）

表面上は花のような微笑みを浮かべながら、セシリアは内心で歯噛みした。

愛するロミオの弟が生粋《きっすい》の腹黒であることは一目見た瞬間にわかった。

こいつは同族だ、セシリアの野性の勘がそう告げたのだ。

（ロミオ様のような素晴らしい御方の実の弟が、どうしてこんな性格の歪んだ腹黒なのかしら）


セシリアがロミオと出会ったのは、一年ほど前のとある侯爵家のお茶会でだった。

学園に入学する前の子供はお茶会を主催することはできない。ただ、学園に入学している在学生がお茶会を開き、入学前の子女を招いて社交に慣れさせることは推奨されている。

来年に入学を控えたセシリアのもとにもいくつかの招待状が届けられた。

しかし、そんなに仲良くもない令嬢からの招待は、たいていの場合とびっきり可愛いセシリアを呼び出してよってたかっていびるのが目的だ。

わかってはいても格上の家からの招待を毎回無視するわけにはいかないため、仕方がなく参加することもあった。

その日もそんなお茶会だった。

セシリアの予想通り、四人の令嬢から遠回しだったり直接的だったり、さまざまな嫌みやら嘲笑やらを浴びせられた。

（本当にくだらないわね……）

セシリアは相手の程度の低さに溜め息を吐きたくなった。

（私をいびったって、自分が可愛くなれるわけじゃないのよ？　こんなに可愛く生まれた私が、お母様の教えを受けて日夜将来のための知識と技術の修得に励んでいるというのに。この人達はたいして可愛くもない上に、できることは複数でたった一人をいびることだけだなんて……）

内容は聞き流しているが嫌みを言われていることは間違いないので、セシリアはとりあえず悲しげな表情を作っている。弱々しく傷ついたふりをしていれば、彼女達は勝手に満足してくれるからだ。

しかし、彼女達のなんの意味もないくだらない時間の浪費を思うと、うっかり演技ではなく本心が顔に出てしまいそうになる。人生を無駄にしている彼女達への憐《あわ》れみが。

（いちいちすべての羽虫を潰す必要はない。こちらが手を下さずとも自滅する。と、お母様もおっしゃっていたわ）

セシリアは遠からぬ未来、自らの虚飾の羽の重さで潰れるであろう彼女らの、『今だけは』元気な羽音を寛大な心で聞き流してやった。

しかし、その日のお茶会はなかなかお開きにならず、いつもよりしつこい口撃にさすがに苛立ちを隠せなくなってきた頃、事件は起こった。

「喉が渇いたわね。お茶を淹れ直させましょう」

ホストである侯爵令嬢がそう言ってメイドを呼んだ。

そりゃあれだけピーチクパーチク囀っていりゃあ喉も渇くだろう。他人の悪口ばかり、よくもまあ本人の前で遠慮なく垂れ流せるものだ。

しかも、語彙力《ごいりょく》も記憶力もないのか似たようなことを何度も何度も繰り返す。まともに聞いていたらこちらの知能まで下がりそうだ。

そんなふうに考えていたセシリアの前に、新たなお茶のカップが置かれた。

これを飲んだら帰ろう。

そう思って伸ばしかけた手が、ピタリと止まった。

セシリアのカップに、蜂《はち》のような虫が入っていたのだ。

「どうしたの？　皆で一緒に飲みましょうよ」

「ええ。喉が渇いたものね」

「そうよそうよ」

「早く飲みなさいよ」

品のない顔でニヤニヤと笑う少女達の卑小さに、セシリアの脳内には彼女らを肉体的精神的社会的に抹殺もしくは半死半生にする方法が駆け巡った。

『優先排除リスト』に彼女達の名を刻んだのはいいとして、この場をどうやって切り抜けるか。

気は進まないが、めそめそ泣いてやれば彼女達は満足するのだろう。ならばそうしてやるか、と思った。

その時、

ぼちゃんっ‼


と派手な音を立てて、テーブル上に水しぶきが上がった。

セシリアのお茶のカップに見事に着地したそれは、のんきな顔で「ゲコ」と鳴いた。

めちゃくちゃでっかいカエルだった。

「……き、きゃあああああっ‼」

飛んできたものの正体に気づいた侯爵令嬢が悲鳴を上げ、立ち上がった拍子にテーブルをひっくり返す。

「きゃあっ」

「ひいっ」

「いやあっ」

他三名も悲鳴を上げる。

お茶のカップが割れてしぶきが飛び散り、中庭は大惨事だ。

カエルはそんな騒ぎは我関せずとばかり、「ゲコゲコ」と鳴きながらどこかへ跳ねていく。

「すまーんっ。捕まえようとしたんだけど、逃げてそっちに行っちまったーっ！」

そう言いながら、一人の少年が裏庭のほうから走ってきた。

明るく溌剌とした笑顔で駆けてくる背の高い少年。

それがロミオだった。

後で知ったことだが、ロミオはこの家の息子と友人でその日たまたま遊びに来ていたらしい。

「ん？　なんだお前ら。どうしたんだ、地面に座り込んで」

セシリア以外の四人が尻餅をついているのを見て、ロミオは不思議そうに首を傾げた。

涙目でへたり込んでいた令嬢達だったが、衝撃が過ぎ去ると怒りが芽生えたのか、ロミオを鋭く睨んで罵り出した。

「なんてことするのよ！」

「信じられないっ！」

「なんて野蛮なのっ！」

「火傷《やけど》しちゃったじゃない！」

キーキーと責め立てられたロミオは笑顔を消して引き締まった顔つきになった。

「火傷？　お茶をかぶったのか？　なら、水ぶっかけて冷やさねえと！」

言うが早いか、ロミオは「おっしゃあ！」と勇ましい掛け声と共に四人の令嬢を担ぎ上げた。

両脇に一人ずつ荷物を担ぐような形で挟み、両手で一人ずつ腰布を掴んで持ち上げてぶら下げた。

「「「「は？」」」」

挟まれた少女もぶら下げられた少女も、何が起きたかわからないようで口を開けてぽかんとした。

ロミオは同年代の少年と比べると遙《はる》かに体格がいい。

だがしかし、いくら細身な少女であっても四人同時に運べるわけがない。

わけがないのだが――

「よーし。暴れずじっとしてろよ。落としちまうからな」

少女四人分の体重を抱えて、ロミオは涼しい顔をしていた。『落とされる』ことを想像したのか、少女達は青ざめた顔で硬直した。

「おう、お前は大丈夫か？」

ロミオは一人だけ椅子に座ったままだったセシリアに向かって尋ねてきた。

「は……はい」

セシリアが答えると、ロミオはニカッと爽《さわ》やかに笑った。

「そっか！　よかった。さすがに五人は無理だからな！　……いや、背中に乗せればいけるか……？」

不穏な呟きを残して、ロミオは庭のガゼボから四人の少女を運び出していった。

少女達を荷物のように運ぶその背中を見送って、取り残されたセシリアはしばしの間唖然としていた。

「……な」

やがて、セシリアの胸には一つの想いが湧き上がってきた。

「なんて……素敵な方なの!?」

荷物を持って颯爽と去っていった凛々しい少年の姿に、セシリアの胸は高鳴った。

「あんな大荷物を軽々と……なんてたくましくて力強いのかしら……あの荷物ども、あの方に運ばれるだなんて身の程知らずなっ。私も運ばれたかった！」

その日、セシリア・ヴェノミンは運命の恋に落ちたのだった。


鍛えられた大きな身体。見かけ倒しではなく少女とはいえ四人の人間を一度に運べる腕力。迷わず行動に移せる大胆さ。純粋な笑顔。

そして何より、こんなにも可愛いセシリアよりも火傷したと訴える少女達を優先する優しさ。

セシリアは可愛い。

それはもう、その辺の女子など比べものにならないレベルで可愛い。

同年代の子供達が集まる場に出れば、男の子はこぞってセシリアをちやほやし、気を引こうと懸命になった。

仲良しの女の子と遊んでいた男の子でさえ、セシリアと目が合っただけでそれまで仲良くしていた女の子の手を振り払ってセシリアにまとわりついてきた。

それなのに、ロミオはセシリアの可愛さにいささかも興味を示さなかったのだ。

（……なんて実直な方なのでしょう！）

セシリアは自分がちょっと目を合わせたり微笑んだりしただけで、でれでれとまとわりついてくるような男は嫌いだった。

セシリアの気を引くために他の女の子をないがしろにするような男など論外だ。

ロミオは今までに出会った男の子達とはまったく違っていた。自分に対して一切媚《こ》びないその言動にセシリアの胸は高鳴り、彼女は初めての感覚に戸惑った。

（どうしましょう……身体が熱くて、なんだか頭もぼーっとするわ。胸のどきどきも止まらないし……私、どうなってしまったのかしら）


帰りの馬車の中でも、セシリアはロミオの背中を忘れることができなかった。


「セシリア」

家に帰ると、母はセシリアを一目見るなり静かな声音で言った。

「恋を知ったわね」

「え……っ？」

戸惑うセシリアに、すべてを見透かすように母は目を細めた。

「今の貴女は、熱く煮え立つ血潮を持っている。その熱に怯えているのね」

「お母様……っ」

「いいこと、セシリア。貴女にその炎を宿させた相手を決して逃しては駄目よ。一度灯《とも》ってしまった恋の炎は、己の身を焼くか、相手を焦がすか、もろともに燃え尽きるしか消す方法がないのよ」

「恋の炎……」

母の言葉に、セシリアは胸元でぎゅっと拳を握った。

「……わかったわ、お母様。私、必ずあの御方を手に入れてみせる……！」

あの日から、セシリアはロミオのことだけをみつめてきた。

どんな手を使ってでも、ロミオを手に入れてみせる。

そう決意したセシリアだったが、愛しのロミオのそばには最大にして最悪の障壁があった。

ルクリュス・ゴッドホーン。

ロミオも上の兄達も、この愛らしい末っ子を溺愛していると評判だった。

『岩石侯爵家の小石ちゃん』などと呼ばれている末っ子は、常にその愛らしい笑顔を振りまいていた。

だが、その瞳の奥に一筋の冷たい氷の心が宿っていることに、セシリアは気づいた。

セシリアも同じだからだ。表面上は可愛らしい笑顔を浮かべながら、心の中ではどこまでも冷静に計算をしている。

間違いない。あれの中身は猛毒だ。

(あんな毒入り小僧が近くにいては、純朴なロミオ様が穢れてしまうわ！)

＊＊＊

セシリアはにっこりと笑いながら、ルクリュスによって移動されたカップに目を落とした。

(――甘いわね。ルクリュス・ゴッドホーン！)

勝利を確信したセシリアはニヤリと口元を歪めた。

こちらを警戒しているルクリュスがカップを入れ替えようとすることはわかっていた。

だから、セシリアは惚れ薬入りのお茶のカップを最初は自分の前に置いていたのだ。セシリア、テオジェンナ、ロミオ、ルクリュスという並びで座っているため、ロミオのカップをセシリアの前に移動すれば、当然セシリアの前にあったカップはロミオの前にいく。惚れ薬入りのカップが。

惚れ薬、といっても、目の前の異性に興奮して動悸が早まる程度の効果であるが、それでロミオがセシリアのことを意識するようになってくれれば大成功だ。

「さ、皆様。どうぞ、お飲みになって……」

「わあ～。本当に綺麗で可愛いなあ。このお茶のカップ！」

わざとらしく明るい声で、ルクリュスが自分の前のカップとロミオの前のカップを手に取って眼前に持ち上げた。

「この柄がいいよねぇ～。セシリア嬢はセンスがいいね！　ね？　兄様」

「ん？　ああ」

ルクリュスはにこにこ笑顔でセシリアを褒めると、さりげなく自分の前にあったカップをロミオの前に、ロミオの前にあったカップを自分の前に置いた。

その入れ替えに気づいたセシリアの頬が引きつったのを、ルクリュスは見逃さなかった。

（……危ない危ない。狡猾な蜘蛛の罠にかかるところだった）

ルクリュスはふうと息を吐いた。

テーブルクロスを回してカップを移動させた時、セシリアがほんの一瞬『してやったり』という目つきになったことに気づき、ルクリュスは彼女の企みを見破ったのだ。

しかし、ギリギリだった。

（油断ならない毒蜘蛛め）

自分の前にやってきた薬物入りのお茶のカップを眺めて、ルクリュスはどうせ他にも何か仕込まれているに違いないと警戒を新たにした。

第12話　仕掛けられた罠

ルクリュスとセシリアが薬物入りのお茶のカップをめぐって攻防を繰り広げている間、テオジェンナは可愛さの満ちあふれた空間で溶解しないように耐えるのに必死だった。

（くあぁ！　この可愛い空間に岩石な自分が存在することが罪深い！　いっそ誰か退治してくれ！）

もちろんお茶会中の侯爵令嬢を狙うような輩は存在しないので、テオジェンナを仕留めてくれる者は誰もいない。

（……いかんいかん！　すぐに楽になろうとするところが私の悪い癖だ。ロミオのようにどっしりと構えていられるようにならなければ！）

気を取り直したテオジェンナは、背筋を伸ばして深呼吸をした。

もしもセシリアがロミオとうまくいったら、ロミオとは幼馴染であるテオジェンナとの交流も増えるだろう。いちいち死んでいるわけにはいかない。

（そうだ。私には小石ちゃんのために『世界で二番目に可愛い子』を見つけるという使命がある。そのために可愛いものを前にしても動じない根性を身につけなくては！）

せっかくの機会だ。この可愛い空間で心身を鍛えさせてもらおうと、テオジェンナは考えた。

（まずは自然に呼吸をできるようにするぞ！）

生命維持活動の基本中の基本から取り組み始めたテオジェンナは、目を閉じてゆっくりと息を吸い込んだ。

静かに、呼吸することだけに集中したテオジェンナだったが、空気の中にかすかに混じる甘い匂いに気づいて眉をひそめた。

それは本当にかすかで、テオジェンナの軍人の娘としての研ぎ澄まされた感覚と集中力がなければ気づかなかっただろう。

匂いの元をたどったテオジェンナが目にしたのは、部屋の四隅の床にそっと置かれた、小さな青い花が四、五本だけ束ねられた小さな小さな花束。

テオジェンナは衝撃に目を見開いた。

(な、な、な、何あれぇ〜っ⁉ なんであんなところにあんな小さな花束が⁉ 小人さんの仕業なの？ 妖精のお家には小人さんが花束を届けにくるの⁉)

小人さんの花束(仮)に心乱されたテオジェンナは耐えきれずに床に倒れた。

「ロミオ！ 私はもう駄目だ‼ 後のことは頼んだぞ‼」

「なんでいきなり死ぬんだよ？ お前の脳内のことはさっぱり理解できねえんだから、死ぬ前に死因を説明しろ」

心底呆れ果てた口調のロミオに促され、テオジェンナは倒れたまま最後の力を振り絞って部屋の隅を指さした。

「うう……小人さんの、小人さんの花束が……っ」

テオジェンナはなぜか「ぐふっ」と呻いて力尽きた。

（小人の花束……？）

テオジェンナの言葉に、ルクリュスは部屋の隅に目を凝らした。

確かに、小さな花が数本束ねられたものが床に置いてある。

（あの小さい花は……ニガムの花！　花が発する甘い香りを長時間にわたって吸い込むと、心身の緊張が取れて無防備な状態になるという……）

ルクリュスは脳内で『世界の毒物辞典』の頁《ページ》をめくった。

暗殺者が事前にターゲットの周辺に花を仕込み、警戒が解けたところを狙う。捕らえた敵の捕虜を尋問する時に使う。など、さまざまな場面で利用される花だが、この国には自生していないはずだ。

（ヴェノミン伯爵家……独自の流通ルートを握っているのか、あるいは秘密の花園を持っているのか……）

ルクリュスはチッと舌打ちした。

ルクリュスの警戒を鈍らせ、あわよくば無防備になったロミオに取り入ろうとしたのだろうが、そうはいくものか。

ルクリュスはダンダンッと、右足を二回踏み鳴らした。

すると、どこからともなく数匹のネズミが現れ、四隅の花をくわえるとどこかへ持ち去った。

「……まあ！　小さな花束はネズミさんの忘れ物だったのかしら？」

セシリアは口元だけ笑いながらルクリュスを睨みつけてきた。

（人の家にネズミをつれてこないでくださる？）

（さあて、なんのことだか）

腹黒同士、目だけで会話を交わし、ルクリュスは小馬鹿にするようにニヤリと笑った。


「ほら、テオ。しっかりして」

「うう……」

ルクリュスに腕を引っ張られて椅子に座り直したテオジェンナは、これではいけないと自分を叱咤した。

せっかく家に招いてもらったというのに、テオジェンナときたら叫ぶか倒れるか死を覚悟するかしかしていない。これでは貴族として失格だ。

こういう時にはさりげなくインテリアの趣味の良さなどを褒めるのが礼儀だ。

（ルクリュスがテーブルクロスやカップを褒めていたから、私は何か別のものを……）

辺りを見回したテオジェンナの目に、ふと気になるものが飛び込んできた。

チェストの上に置かれた小さな壷《つぼ》だが、異国風の紋様が描かれており、この部屋の可愛い雰囲気にはいささかそぐわない。

「セシリア嬢。変わった形の壷だな。異国のもののようだ」

「え！　ああ……そうなんですの。どこの国かは忘れてしまいましたけれど、花瓶にするのにちょうどいい大きさなので置いてありますの」

セシリアは「ほほほ」と笑って答えた。

「くっ……異国から流れてきてこんな可愛い妖精のもとにたどり着けたのなら壺も本望だろう！　私が壺なら、いつ割れても悔いはない！」

「おい、泣くなよ」

感極まって涙を流すテオジェンナに、ロミオがどん引きした。


一方、ルクリュスはその壺をじっと睨んでいた。

（あの紋様、どこかで見たことが……はっ！　そうだ、思い出した！　あれは極東の少数民族ユヴォンに伝わる恋愛成就《じょうじゅ》の壺!!）

ユヴォン族の娘は年頃になって好きな男ができると、毎夜あの壺の中に向かって好きな男の名を呼ぶ。それを千夜続ければ恋が叶うという代物だ。

（迷信だとは思うが……確か、途中で持ち主以外が壺に声をかけるとその恋は叶わないんだっけ）

さりげなく近寄って壺に何か言ってやろうかと思ったが、ルクリュスが気づいたことを察したのか、セシリアが席を立ってチェストに近寄った。

「お部屋の雰囲気に合いませんし……別の場所に仕舞いますわね」

「え～、わざわざ片づけることないよ～。ね？　兄様」

「ん？　おお。そうだな」

ロミオに話しかけながら、ルクリュスはぱちん、と指を鳴らした。

すると、どこからともなく一匹の猫が現れて、チェストの上に飛び乗ると壺に頭を突っ込んで「なぁ～お」と鳴いた。

一声鳴くと、猫はチェストから飛び下りてどこかへ逃げていった。

「……まあ。いったいどちらから遊びに来たのかしら？　猫さんってば」

セシリアが振り向いてルクリュスを睨みつけた。笑顔が大分引きつっている。

ルクリュスは何食わぬ顔で目を逸らした。

「妖精のお家には猫が遊びに来るんだ……私の部屋なんていつの間にか入り込んでいたセミが床に落ちていたことぐらいしかないのに。可愛い子の家にはモフモフが、岩石の家にはセミファイナルがふさわしいということか」

「安心しろ。ルーの部屋にもカブトムシが飛び込んできたことあるから。可愛くても虫が飛び込んでくることはあるから」

「カブトムシと戯《たわむ》れる小石ちゃんなんて可愛い要素しかないだろう！　やはり小さき生命を愛《め》でるのは可愛い子の役目……私のような岩石はファイナルされるのが関の山……」

「ファイナルされるってなんだ？」

妙な自己嫌悪にさいなまれるテオジェンナに、ロミオが突っ込みを入れながら溜め息を吐いた。

＊＊＊

「ふふふ……苦戦しているようね」

部屋の様子をこっそり覗いていたセシリアの母である夫人は、愛娘が侯爵家の息子にしてやられるのを見て苦笑した。

「あの子ってば、まだまだ未熟者ねぇ。侯爵家の息子程度に苦戦しているようじゃあ、黙って見ていられないわ」

百戦錬磨の伯爵夫人は、そばに控える侍女に命じて愛用の道具を用意させた。

「うふふ。軽ぅ〜く遊んで差し上げてよ」

妖艶な笑みを浮かべた伯爵夫人は、扉を開けて娘の戦場に乱入した。

第13話　防げなかった惨劇

「お話中にごめんなさぁい」

「お母様？」

入ってきた母親を見て、セシリアが眉をひそめた。

（出た。女郎蜘蛛の親玉……）

ルクリュスは咄嗟に身構えた。

だが、身をくねらせて近寄ってきた伯爵夫人は、流れるような動きでテオジェンナの顔にハンカチをふわりとかぶせると、隣の席のロミオの首筋に細い注射針を突き刺した。

「なっ……！」

あまりの早業に驚愕《きょうがく》するルクリュスの前で、テオジェンナがぐにゃりと椅子の背にもたれかかった。次いで、ロミオがテーブルに突っ伏す。

武を誇る名家の子女であり日頃から鍛えている二人とはいえ、敵意をまったく感じない相手からの不意打ちには反応できなかった。無理もない。伯爵夫人はにこやかに微笑んだままで、殺気も悪意も欠片も持ち合わせていないように見える。

おそらくハンカチに薬が染み込ませてあったのだろう。テオジェンナはすうすうと寝息を立てており、一方、薬を打たれたロミオは熱にうなされるように小さな呻き声を上げている。

「何をした⁉」

「ほほほ。ちょっとした余興ですわ」

夫人は自らの首に下げた小瓶を見せつけるように揺らした。

「この瓶の中に、ロミオ様に打った薬の解毒剤《げどくざい》が入っていますわ」

「なんだと……？」

ルクリュスは眉をひそめて夫人を睨み上げた。

「こんな真似をして……ゴッドホーン侯爵家を敵に回して生きていられると思っているのか？」

声を低くして尋ねる。

ロミオもテオジェンナも高位貴族である侯爵家の人間であり、ゴッドホーン家とスフィノーラ家は共に軍部で覇を競う家柄だ。ヴェノミン伯爵家程度、その気になれば潰すことなど造作もない。

「あらぁ、怖ぁい。でもぉ、もしも怒られちゃったら学生時代のお友達に相談しちゃお。今は立派な公爵になった彼とか隣国に婿にいった第三王子殿下とか、昔うちに留学に来ていた帝国の皇太子とか……」

「くっ……この女郎蜘蛛がっ！」

餌食《えじき》にした男どもを思い浮かべて勝ち誇った笑みを浮かべる相手に、ルクリュスは拳を握りしめる。

「それにぃ、ロミオ様がきっと庇《かば》ってくださるわぁ」

「は⁉」

夫人の言い分に、ルクリュスの眉が不快げに跳ね上がった。何を言っている。薬を盛られた張本人であるロミオが犯人を庇うはずがないではないか。

だが、夫人は笑みを深くしてこう告げた。

「ロミオ様に打った薬は、目覚めた時に一番最初に目に入った異性の虜になる効果があるの」

「馬鹿なっ……」

「だから、セシリア。ロミオ様のそばにいなさいな」

夫人が娘に命じ、ルクリュスが邪魔できないように二人の侍女がセシリアとの間に立った。

ルクリュスはぎりりと歯を食いしばった。

夫人は小瓶を見せつけて言う。

「セシリアとロミオ様がラブラブになるのを阻止したければ、彼が目覚める前にこれを奪ってごらんなさぁい」

挑発的な態度に、ルクリュスは苛立ちを募らせた。

「舐めるなよ！　僕だってゴッドホーン家の息子だ！」

小柄で非力なルクリュスだが、兄達とは違う戦い方ができる。

「ハンゾウ！　サスケ！　クモスケ！」

ルクリュスの呼び声に応えて、三羽の黄色い小鳥が窓から飛び込んでくる。

鳥達は夫人に向かってまっすぐに突っ込んでいく。

だが、夫人は少しも慌てずに手を上げた。

「ブリュンヒルデ！」

夫人が一声叫ぶとほぼ同時に、大きな羽音が響いた。

次の瞬間、ルクリュスの視界を黒い翼が遮った。

一羽の巨大なオウムが、夫人の腕にとまってその大きな嘴と翼で小鳥達を蹴散《けち》らした。

「ほほほ。私のペットですの。可愛いでしょう？」

小鳥達が逃げていくのを見送って、夫人が嗤《わら》う。

「くっ……ならば、タメゴロウ！」

「にゃーんっ」

ルクリュスの声に応えて、走ってきた猫が夫人に飛びかかる。

だが、しかし。

「キャットニップボール！」

夫人が手の平サイズの何かを投げる。すると、タメゴロウはあっさり向きを変えて、夫人が投げたボールのようなものを追いかけ、それを捕まえてゴロゴロ喉を鳴らす。

「ヴェノミン家特製のマタタビでしてよ」

「ぐっ……」

ルクリュスはぎりっと奥歯を噛みしめた。

手強い。女郎蜘蛛と異名をとる伯爵夫人の情報は掴んでいたが、まさかここまでとは。

「もう終わりかしら？」

「――舐めるなよ！　全部隊出動！」

ルクリュスの号令に応えて、ネズミの大群が床を走る。

「これだけの数のネズミを撃退できるかな⁉」

ルクリュスは勝ち誇って胸を張った。


だがその時、控えていた二人の侍女が動いた。

「奥義　蜘蛛の糸‼」

二人の手から放たれた無数の白い糸が、ネズミ達の身体を捕らえて身動きできないように絡みついた。

「何っ⁉」

「ほほほほ！　我が家の侍女は特別な技能を身につけていますの」

夫人の高笑いが響いた。

「お友達は皆こちらの手の内でしてよ。どうなさるおつもり？」

「っ……」

ルクリュスは悔しげに唇を噛んだ。

かくなる上は、ロミオだけでもこの場から連れ出さなければ。しかし、テオジェンナをこの蜘蛛の巣に置き去りにすることはできない。

そもそも、ルクリュスの腕力ではロミオどころかテオジェンナですら運び出すのは不可能だ。

（どうする？　どうすれば──）

ルクリュスが必死に思考を巡らせる様子を、夫人は余裕の笑みを浮かべて見下ろしていた。

「さあ、そろそろお目覚めの時間かしら？」

楽しげな口調で言う夫人を、ルクリュスがぎっと睨みつけた。

「ふふふ……手も足も出ない男を眺めるのは至上の悦楽ですわ」

「ええ。そうね、お母様」

不意に、夫人の背後に立ったセシリアが、母の首から小瓶をもぎ取った。

「あら？」

いつの間に移動したのか、ルクリュスはもちろんのこと、夫人も目を丸くしてセシリアを見た。

セシリアは小瓶を手にすると、つんとそっぽを向いた。

「どうしたの？　セシリア」

「お母様。余計なことはなさらないで」

セシリアはチェストの引き出しから木の箱を取り出すと、中から注射器を取り出した。

小瓶の中の液体を移すと、ロミオに近寄って腕に針を刺す。

うう、ん、とロミオが呻いた。

「私はお母様の力を借りるつもりはありませんの。私自身の力で愛しいロミオ様をものにしてみせますわ」

「あらまあ……」

娘の成長した姿に、夫人はじーんと感激した。

「偉いわ、セシリア。それでこそ私の娘よ」

夫人が合図すると侍女達が糸を回収する。自由の身になったネズミ達が逃げていった。

「お騒がせしてごめんなさい、ルクリュス様。なかなか楽しかったわ」

夫人がルクリュスに向き直った。

「けれど、まだまだ経験不足ね。私がかつて戦った公爵令嬢や侯爵令嬢の足もとにも及ばないわ」

黙って睨みつけるルクリュスの横を通り過ぎざま、夫人は囁くように言った。

「大切な者を守るためには、もっと狡猾にならなくては。わたくし程度に翻弄されていては駄目よ。世の中にはわたくしなどより遙かに恐ろしい相手がいるのよ……そう、わたくしがかつて敗北を喫した公爵令嬢のような、ね」

夫人はふっと自嘲《じちょう》の笑みを浮かべた。

「さすがは名門フォックセル家の令嬢。悔しいけれど格が違ったわ」

その公爵令嬢ってもしかしなくても現王妃なのでは？　とルクリュスは思った。

「彼女の兄で今は公爵となった彼にも侯爵令嬢の婚約者がいたわ。彼女とはいい勝負を繰り広げたものよ」

昔を懐《なつ》かしむように話す夫人だが、一世代前の泥沼事情などルクリュスは知りたくもない。その戦いに自身の父母が巻き込まれなくてよかったと思うだけだ。

その時、テオジェンナが「うーん……」と唸ってまぶたを震わせた。

どうやら、薬が切れたようだ。

「では、失礼いたしますわ」

夫人が部屋を出ていくのとほぼ同時に、テオジェンナが目を開けた。

「ふえ……？　るくりゅしゅ？」

「おはよう、テオ。ほら、兄様も起きて」

「え……私は眠っていたのか。そうか、この空間の可愛さに耐えきれずに意識を……」

頭を抱えるテオジェンナの横で、ルクリュスに揺り起こされたロミオが大きな欠伸《あくび》と共に身を起こした。

＊＊＊

お茶会の途中で眠ってしまったことに対して、テオジェンナは自分が可愛さに耐えかねて気絶しただけだと思い込んでいるし、ロミオは「寝ちまってたか？　悪い悪い」とカラッと笑うだけで、二人とも薬を盛られたことに少しも気づいていなかった。

しかし、帰宅して使用人達から無事の生還を喜ばれたテオジェンナは、自室に戻るなり眉根を寄せて悩んだ。

「いかん……このままでは」

可愛さにいちいち死にかけたり気絶したりしていては、いざ『世界で二番目に可愛い子』を発見しても、捕獲できないかもしれない。

テオジェンナはそんな悩みを翌日、いつもの生徒会室で友人に打ち明けた。

「どうしたらいいと思う？　ユージェニー」

「そんなこと私にはわからないわ」

友人から『可愛さに耐えかねてお茶会の途中で気絶した話』を聞かされた公爵令嬢は、それ以外に答えを持たなかった。

簡潔な答えはいつものことだが、ユージェニーの横顔が少し憂《うれ》いを含んでいることに気づいてテオジェンナは首を傾げた。

「ユージェニー？　気分が優れないようだが」

「……いいえ。なんでもないわ。平気よ」

ユージェニーが誤魔化すように目を伏せた。そこへ、ジュリアン、ケイン、ニコラスが入ってきて、先に来ていた二人と朝の挨拶を交わした。

「早いね。お二人さん」

「ジュリアン様。殿下はまだ登園されていないのですか？」

朝会が始まる時間だというのに姿を現さないレイクリードに、テオジェンナは不思議に思って尋ねた。

「ああ。殿下は用事があって今日は遅れるから、朝会はなしだって」

レイクリードは王太子だ。政務などで遅刻や早退は珍しくない。

だから、テオジェンナもそれ以上は何も言わなかった。

ただ、ユージェニーが少し元気がない様子なのが気になった。

「ここのところ、私が小石ちゃんの件で醜態しか見せないから、見放されてしまったのでしょうか」

「そんなことはないと思いますよ」

放課後、神父のもとを訪れたテオジェンナは懺悔の後で心配そうに呟いた。

傍らに座ったハンネスは懺悔するテオジェンナを優しく見守っていた。

もっとも、『可愛い子の家で可愛さに耐えきれずに気を失ってしまった』という懺悔を聞かされても、それが罪なのかどうかすらわからなかったが。

しかし、ハンネスはとりあえずテオジェンナの気の済むまで話に付き合った。神の僕は迷える子羊を見捨てないのだ。

「しかし……ルクリュス・ゴッドホーン様とセシリア・ヴェノミン嬢は、大層愛らしいご容姿でいらっしゃるのですね」

「そうなんですぅぅ！　小石ちゃんは小石ちゃんだから可愛いのは当たり前なんですけど、妖精の可愛さも半端《はんぱ》ないんです!!　本物の可愛さがこの学園に二つもある!!　いつ何時この可愛さを支えきれずに建物が崩壊してもおかしくない!!」

「落ち着きましょう」

興奮するテオジェンナをなだめて送り出し、ハンネスは「ふう」と息を吐いた。

「ルクリュス・ゴッドホーンとセシリア・ヴェノミンか……確かに、滅多にない掘り出し物だな」

ハンネスはそう呟くと、ニヤリと口元を歪めた。

第14話　忍び寄る危機

活気づく港町。大小無数の船がひしめく湾内、その中の一つに、男が乗り込む。

「おう。どうだった？」

船倉で積み荷を見張っていた男が、戻ってきた男に尋ねた。戻ってきた男は応えて言う。

「上から連絡が来た。明日、出航だそうだ」

「へえ。じゃあようやく荷物を売り払えるな」

「ああ。それはもう必要ねえから片づけていいってよ」

男が指差した、樽《たる》に縛り付けられていた男性が力なく顔を上げる。

男性はまだ四十代くらいだが、囚われてからずっと暗い船倉に閉じ込められていたせいで窶《やつ》れて老人のような見た目になっていた。元々着ていた聖職者の法衣も荷物と一緒に奪われてしまったため、このまま殺されてしまえば身元もわからないままだろう。

「了解。悪く思うなよ、おっさん」

刃物がぎらりと光り、男性に迫った。

だがその時、船が揺れ、大量の人間の足音が船底に響いた。

「いたぞ！　捕らえろ！」

船倉に雪崩《なだ》れ込んできたのは、密輸や違法な売買を取り締まる港湾兵団の兵士達だった。

うろたえた男達はなすすべもなく縄にかけられ、積み荷――囚われていた人々が解放される。

男性も縄を解かれ、兵士に支えられて立ち上がった。

「大丈夫ですか？」

「……が……ない……」

男性は衰弱しており、声もかすれていたが、それでも必死に何かを伝えようとしていた。

「……生徒が、危ない……」

「生徒？　貴方は教師ですか？」

兵士の問いに、男性は首を振った。

「神父です……名前は、コール・ハンネス……」

＊＊＊

「――危ないところだった」

朝の生徒会室にて、登園してくるなり侯爵令嬢が真剣な顔つきで切り出した。

「門のところでルクリュスを見かけたから挨拶しようとしたんだ。だがしかし！　次の瞬間、ルクリュスが欠伸をしたんだ！　世界一可愛い欠伸を目撃してしまった！　あまりの愛らしさに私の全身の血は煮えたぎり身体中を駆け巡った。血管が破裂しなかったことが奇跡だ！　全身の穴という穴から血を噴き出して倒れてもおかしくなかった！」

「ケイン、そっちの書類取ってくれ」

「ん。ああ、これサイン漏れてる」

「うわ。明日提出じゃん。忘れてた」

ジュリアン、ケイン、ニコラスの三人は興奮冷めやらぬテオジェンナを無視して黙々と仕事を続けた。

「あれ？　殿下とユージェニーは？」

生徒会室に三人しかいないことに気づいて、テオジェンナはきょとりと目を瞬いた。

「お二人とも、本日は遅れるようだ」

「へえ。何か公務が入ったのかな」

テオジェンナも自分の席について今日の仕事の確認を始めた。

ささっと今日の段取りを決めると、皆は自分の教室へ向かうために立ち上がる。

テオジェンナが生徒会室を出ようとした時、ちょうど遅れてきたユージェニーと鉢合わせた。

「おはよう、ユージェニー。どうした？　顔色がよくないぞ」

「……おはよう。なんでもないわ」

ユージェニーはそう答えたが、美しい顔には暗い影が差していた。何かがあったに違いない。

「ユージェニー？」

「……後で話すわ。今は授業に出なければ」

そう言われては追及することもできず、テオジェンナは友人を心配しながらも自分の教室に向かったのだった。

＊＊＊

ルクリュスはしかめっ面《つら》で眉間を揉《も》んでいた。

寝不足だ。

あの日、セシリアの母にしてやられたのが悔しくて、自分ももっと武器を増やさねばと思うものの、女郎蜘蛛に対抗できる何かが思い浮かばない。

昨夜も考えすぎて眠れなくなってしまった。

「ルクリュス様ったら、最近お疲れのようですわね」

弱った獲物は逃さないのが腹黒系のたしなみだ。当然のごとくセシリアが絡んでくる。

「先日は母が失礼しましたわ。お詫《わ》びもかねて、近いうちにまたロミオ様を我が家にお招きしたいわ」

「……調子に乗るなよ」

ルクリュスは眉間を揉む手を止めてセシリアを睨みつけた。もちろん、その程度で怯むセシリアではない。

「あーら。ごめんなさい。私、ルクリュス様のように何年もグズグズするつもりはありませんの」

セシリアがふっと鼻で笑うと、教室内の空気が冷たくなった。

空気って、どうして空気を読んで気温を下げるんだろう。クラスメイト達はそう思った。

腹黒同士の会話の途中は気温を下げなくちゃいけないって空気業界で決まってるの？　マニュ

アルとかあるの？　空気に聞いてみたい。

クラスメイト達がおのおのの脳内で空気と対話する方法を模索する中で、ルクリュスは口を開いた。

「舐めるなよ。僕はこれまで僕の姿を見るだけで叫んだり倒れたり自主的に天に召されようとする相手と渡り合ってきたんだ。蜘蛛女ごときに見下されるいわれはないね」

苛立ちを多分に含んだ言葉だった。

（そうとも。僕達の問題はテオが僕のことを好きすぎることだけなんだから、テオがもう少し落ち着いたらすぐにでも）

ルクリュスがそう考えると、その考えを読み取ったかのようにセシリアが言った。

「いつまでもテオジェンナ様を理由にして、肝心なところに踏み込もうとしない臆病者《おくびょうもの》にこそ言われたくありませんわ。周りを威嚇《いかく》して外堀埋めた気になって満足して、テオジェンナ様とまっすぐ向き合うことからは逃げているんじゃありませんの？」

「なんだと……」

ルクリュスが噛みしめた奥歯がぎちっと鳴った。

クラスメイト達は泣きそうになった。腹黒怖い。

「ルクリュス様がそうやってぼやぼやしている間に、テオジェンナ様好みの愛らしい殿方が現れて、テオジェンナ様の心をさらってしまえば愉快ですのに」

セシリアの言葉に、ルクリュスはぐっと喉を鳴らした。

クラスメイト達はいっそう冷たくなった空気に、凍えることしかできなかった。

＊＊＊

「ええ⁉　婚約解消？」

昼休み、誰もいない生徒会室でテオジェンナは驚いて声を上げた。

「まだ、そうとは決まっていないわ」

ユージェニーは冷静を装《よそお》っているが、思いもかけぬ事態に戸惑っているのが見て取れた。

「そんなこと、ありえないだろう。ユージェニー以外の誰が王太子妃になれると言うんだ？」

ユージェニーが婚約解消を実際にあり得る事態と考えている様子なのがテオジェンナには理解できなかった。

この国に彼女以上に王太子妃にふさわしい女性はいないと断言できる。血筋と家柄によって王太子の婚約者に選ばれ、血のにじむ努力でその地位にふさわしい知識と教養を身につけて並ぶ者のない令嬢となった彼女を、王家が、王太子が、手放すはずがないではないか。

だが、ユージェニーは小さく溜め息を吐いて言った。

「北の大国・ノースヴァラッドの国王が、末の王女の嫁ぎ先にこの国を選んだそうなの」

ノースヴァラッド国王は末子の王女を目に入れても痛くないほど可愛がっており、自国内の貴族に嫁がせるよりも、他国の王妃にしてやりたいと言っているらしい。

それで、政情が安定しており、それなりに豊かで、未婚の年頃の王太子のいる、今のところ戦争に発展しそうな大きな火種もない平和なこの国に目をつけたということだった。

「だが、殿下がそんな申し出を受けるはずがない」

誰よりもユージェニーを高く評価しているのは王太子であるレイクリードだ。生徒会に所属する人間はそのことをよく知っている。彼がユージェニーを軽んじたりおろそかにしたことは一度もない。

「殿下は反対してくださっているわ。でも、ノースヴァラッドとの繋《つな》がりを歓迎する貴族も多いのよ」

テオジェンナは言葉をなくした。

レイクリードの他にユージェニーの父であるフェクトル公爵、王妃とその実家のフォックセル公爵家は、幼い頃からの婚約に横やりを入れてきた北の大国に憤《いきどお》っている。しかし、北に領地を持つ辺境伯を始めとする北部貴族はノースヴァラッドの不興を買うのは得策ではないと主張しており、国王は頭を抱えているという。

「それで、王女はすでにこの国に向けて出発したらしいの」

「ええ⁉」

「どうやら、強引に顔合わせをするつもりみたい。殿下は二、三日は動けないし、私もしばらくは王宮に行けないわ」

なんてことだ。テオジェンナは愕然とした。

ノースヴァラッド国王がどれだけ王女を溺愛しているか知らないが、これではこの国の王家と公爵家の間に亀裂《きれつ》が入りかねない。

侯爵である父ギルベルトにも話は届いているだろう。約束を違えたり不義理を許さない厳格な父であれば、ユージェニーを支持するに違いない。

しかし、王女を送り返してノースヴァラッド国王の怒りを買うと、北部の護《まも》りを固めなければいけなくなる。

「心配しなくて大丈夫よ。私は殿下とお父様にすべてお任せするわ。必ずやこの国にとって一番よい決断を下してくださるでしょうから」

なんと言っていいかわからず黙り込んだテオジェンナをなだめるように、ユージェニーが力強く言った。

＊＊＊

テオジェンナは午後の授業に身が入らなかった。

（ユージェニーは気丈に振る舞っているが、内心は動揺しているはずだ）

レイクリードとユージェニーには相思相愛の恋人同士といった雰囲気はないが、互いに尊敬し合い慈《いつく》しみ合っているのが端から見ていても感じ取れる。

この学園に通う貴族の子女は皆、自らが支える次代の国王と王妃がこの二人であることを喜んでいる。たとえノースヴァラッドの王女がどんなに素晴らしい女性であったとしても、ユージェニーを押しのけるような真似をすればこの国の若手貴族との間に禍根を残すだろう。

「ノースヴァラッド国王はこんな強引な真似をして、目に入れても痛くないほど可愛がっている王女が針のむしろになるとは考えないのか？」

いても立ってもいられず、午後の休み時間にジュリアンを捕まえて尋ねてみた。彼は王妃の甥《おい》でありフォックセル公爵家の嫡男だ。詳しい話を聞いているかもしれない。

「それが、北の国王は王女のことを『どんな相手であろうと魅了して誰からも愛される存在』だと思い込んでいるらしくて、むしろ可愛い王女を嫁がせてやるんだから光栄に思えっていう態度でいるそうだ」

「はあ？　なんだそれは」

テオジェンナは呆れた声を出した。一国の王がそんなお花畑思考だとは思いたくない。

「王女と顔を合わせれば殿下の気も変わるって、自信満々で送り出したらしい」

「それほどの美女なのか？　だが、ユージェニーとて美しさに不足はない。第一、殿下は容姿で人を選ぶような人物ではないぞ」

「ああ、わかっている。安心しろ。一部の貴族がごねているだけで、王宮は皆ユージェニー様派だ」

それを聞いて少し安心した。テオジェンナの立場では何もできないし、ことが穏便に運ぶよう祈るしかない。


「北の国の王女か……」

自分の席に戻って、テオジェンナは国王に溺愛されているという王女を想像した。

彼女がまっとうな常識を持ち合わせており、何の瑕疵《かし》もない婚約を引き裂くような真似をしない人物であってくれればよいのだが。

（ユージェニーがどれだけ不安に思っていることか。無理もない。私だって、もしも小石ちゃんがどこかの国の王女と無理やり婚約させられたりしたら……小石ちゃんが無理やり？）

テオジェンナはカッと目を見開き、椅子を蹴倒して立ち上がった。

ちなみに、今は本日最後の授業中である。


（なんてことだ……！）

テオジェンナは立ったまま頭を抱えた。

頭の中にはこれまで考えたことのなかった可能性が次々と浮かんで脳内をぐるぐる駆け巡る。

小石ちゃんは可愛い。誰よりも、それを理解していたはずなのに。

（どこかに存在する可愛いもの好きの権力者が小石ちゃんと出会ってしまったら、小石ちゃんを欲《ほっ》さないわけがないだろうが！　その中には汚い手段を使って小石ちゃんを悲しませる輩もいるに違いない！　誰もが私のように『イエス小石ちゃん！　ノータッチ！』を貫けるわけじゃないんだ！）

「スフィノーラ嬢……どうした？」

担任が声をかけるがテオジェンナは気づかない。

（たとえば、他国のすごい権力を持っている王女が留学に来たりして……）

『今日からこのクラスで勉強するスゴイーケンリョーク王国からの留学生だ』

『ほほほほ！　わたくしはスゴイーケンリョーク王国の王女、モッテルーナ・スゴイーケンリョークよ！　このわたくしと同じ学園に通えることにひれ伏して感謝するといいわ！』

『ざわざわ』

『あら？　そこの貴方、この世で一番可愛い顔をしているじゃない！　気に入ったわ！　わたくしの国に連れ帰ってペットにしてあげる！　爺！　あの可愛すぎる少年を捕まえなさい！』

『はっ』

『わあ！　何をするんだ、放せ！』

『ほほほほほ！　無駄な抵抗よ！』

『待つんだ！　ルクリュスを放せ！』

『まあ！　侯爵令嬢風情がスゴイーケンリョーク王国の姫であるわたくしに楯突《たてつ》くだなんて！』

『やめるんだテオジェンナ！』

『ロミオ!?　どうして止めるんだ！』

『モッテルーナ王女に逆らったら、俺達だけじゃなく、この国が滅ぼされてしまう……！』

『そんな！』

『ほほほほほほ！』

『テオー！』

『ルクリュースっ!!』

「卑怯な手を使って小石ちゃんを奪うなんて!!　絶対に許さん!!」

「スフィノーラ嬢……なんらかの妄想がはかどっているようだが、せめてあと三十分待ってくれないか？　そうしたら今日の授業が終わるから」

担任の声はスゴイーケンリョーク王国（注：架空の国）への怒りに拳を握りしめるテオジェンナには届かなかった。


泣き叫ぶルクリュスを力づくで奪い去ろうとするスゴイーケンリョーク王国（注：架空の国）の王女モッテルーナ（注：実在しない人物）。

その非道ぶりにテオジェンナの胸にはメラメラと怒りの炎が燃えさかった。

「おのれモッテルーナ（注：実在しない人物）……！　貴様の好きなようにはさせない！」

「約一名、妄想に取り憑かれてしまった生徒がいるようだが、二次被害を防ぐために手を出さずに好きなようにさせておこうと思う。それでは、他の者は授業の続きを始めるぞ」

とうとう教師から見放されつつ、それでもテオジェンナの心はいかにしてスゴイーケンリョーク（注：実在しない王家）の悪逆非道からルクリュスを守るかでいっぱいだった。


「私がもっと強くなれば……いや、駄目だ。スゴイーケンリョークのすごい権力でこちらを叩き潰してくるに違いない……。スゴイーケンリョークのすごい権力の前では私の力などなんの役にも立たないのか……っ」

「では、帝国と南方部族が衝突したトライザルノの戦いの結果、結ばれた条約の名前は？　コードウェル君」

「はい。スゴイ……じゃなくて、スフォリテンリュース条約です」

「正解だ。少し引きずられそうになったが、合っているので自信を持って答えるように。では、その条約を結んだ結果、帝国で起きた暴動をなんと呼ぶ？　メノア嬢」

「モッテルーナ（注：実在しない人物）は甘やかされているから、注意しても人の話を聞かないな。だが、モッテルーナ（注：実在以下略）の魔の手から小石ちゃんを守るためには私がきちんと小石ちゃんが如何に尊い存在なのか、神聖不可侵な存在なのかを説かなければ！」

「えっと……モッテルー……じゃなくて、モッヘレナーの乱です」

「よろしい。モッテルー……モッヘレナーの乱については帝国史のテストで頻出されるのでよく覚えておくように。くれぐれも、回答欄にモッテルーナの乱と書かないように」

生徒達に注意が与えられたところで本日の授業は終了となった。

＊＊＊

いかにしてルクリュスが連れ去られるのを阻止すべきか。

スゴイーケンリョーク王国（注：実在しない国）の暴挙を防ぎ大切なルクリュスを守らなければならない。テオジェンナはそう決意した。

『王女モッテルーナよ！　貴様がいかにすごい権力を持っていようと、天からこの世の可愛さの象徴として地に降ろされた小石ちゃんを悲しませることは許さない！』

『ほほほほほほほ！　侯爵令嬢ごときが身の程知らずな！　そもそも、貴方とこの子はなんの関係もないでしょう！』

『ルクリュスは大事な幼馴染だ！』

『小さい頃から知り合いだというだけで、婚約者でもなんでもないのでしょう？　でしたら、どうのこうの言われる筋合いはないわ！　ほーほっほっほっ！』

『な、なんだと……』

『婚約者でもない貴女にはなんの権利もないじゃない！　ほーっほっほっほっほっほっ！』

想像の中で嘲笑されて、テオジェンナは唇を噛んで握った拳を震わせた。

（確かに……私はルクリュスにとってはただ家が近所なだけの幼馴染……モッテルーナのように権力で押してくる相手だけじゃない。世の中には人を騙す悪い奴も存在する……ルクリュスが悪女に騙されたらどうしよう！）

テオジェンナは頭を抱えて首を振った。

教室から一人また一人と生徒が逃げ出していく。

いつもなら授業が終わった後も大方の生徒が教室に残って無駄話に興じるのだが、妄想に取り憑かれた侯爵令嬢が悶えている教室には誰も残っていたくないのだ。

（たとえば……たとえば、小柄で髪がピンクで見た目は可愛いけれど野心的で身分の高い令息を狙っている平民の編入生ヒロインナ・アザットイスが、中庭で木に登って下りられなくなった子猫を助けようとしているのをルクリュスが見つけて、それがきっかけで「私ぃ、平民だからって貴族の令嬢からいじめられてるんですぅ」とか相談されて、でもそれは全部嘘でヒロインナはルクリュスの他にもいろんな令息に媚《こび》を売っている。それなのに、ルクリュスは純粋にヒロインナのことを……！）

「うがあああああっ！」

テオジェンナは頭を抱えて床を転げ回った。

最後まで残っていた生徒三人が慌てて教室から逃げ出した。

「おのれヒロインナめ！　ルクリュスの心を奪っておきながら!!」

ヒロインナ・アザットイス（注：架空の人物）の決して許せない所業に、テオジェンナは傷つけられたルクリュスの心を思って涙を流した。

（いや、危険なのはモッテルーナやヒロインナだけじゃない。世の中には可愛すぎる小石ちゃんに嫉妬して危害を加えてくるようなニック・マーレヤックもいるかもしれない！）

なんてことだ。世の中には悪い奴や危険が多すぎる。

モッテルーナ（注：実在しない人物）やヒロインナ（注：架空の人物）やニック（注：実在しない悪役）のような人を人とも思わない輩から穢れを知らない純粋なルクリュスを守るために、自分に何ができるのか、自問自答したテオジェンナは苦悩の末に一つの答えにたどり着いた。

（ただの幼馴染のままでは、ルクリュスに近寄ってくる悪者の前に立ちはだかることができない……ならば、婚約者になればいい！）

テオジェンナはがばりと顔を上げた。

「そうだ！　小石ちゃんにふさわしい『世界で二番目に可愛い子』を見つけるまでは、私が婚約してておけばいいんだ！」

婚約者という肩書きがあれば、ルクリュスをたぶらかそうという女が現れても追い払う権利が手に入る。

ルクリュスを守るためだ。彼が運命の相手に出会うその日まで、自分がそばで守り続けるのだ。

テオジェンナはそう決意した。

＊＊＊

ロミオはクラスメイトと談笑した後で、いつものように教室を出ていこうとした。

だが、残念なことに間一髪でテオジェンナが「ロミオ！」と言って駆け込んできてしまった。

ロミオは思わず舌打ちした。長年の付き合いで、テオジェンナが何かしら面倒くさい精神状態であることを一目で見抜いたのだ。こういう時、テオジェンナは絶対に突拍子もないことを考えている。

「どうした？」

聞きたくはないが、この状態のテオジェンナを野放しにするわけにはいかない。まず間違いなく自身の可愛い弟が関わっているであろうから余計にだ。

妄言に付き合う覚悟を決めたロミオに向かって、テオジェンナがこう言った。

「聞いてくれ！　私はルクリュスと婚約したいと思っている！　協力してくれないか？」

ロミオは目を見開き、次に眉間を押さえ、それから数秒間天を仰いでからまっすぐにテオジェンナを見た。

「……正気か？」

乙女の告白に対する応えとしては最低の返しだが、相手はテオジェンナなので仕方がない。

ゴッドホーン家の人間がテオジェンナとルクリュスの婚約に二の足を踏んでいたのは、ひとえにテオジェンナの命の保証ができなかったゆえだ。

ルクリュスが名を呼べば叫び、駆け寄れば倒れ、そばにいるだけで高確率で死にかけるテオジェンナに、ルクリュスとの婚約など致命傷になりかねない。

慎重に限界を見極めつつ進展させていこうとしていたというのに、テオジェンナのほうから婚約を持ちかけてくるとは。

「なんでいきなりその気になったんだ？　これまでずっと頑なに『自分は可愛いルクリュスにふさわしくない』って言い張ってたのに」

テオジェンナは昔からことあるごとにそう繰り返していた。その強固な思い込みがそう簡単に解消するとは思えなくて、ロミオは尋ねた。

「安心しろ、ロミオ。これは偽装婚約だ」

「はあ⁉」

一つも安心できない言葉が出てきて、ロミオは眉根を寄せた。

テオジェンナは悪びれるどころか胸を張って言う。

「可愛い小石ちゃんを狙ってくる輩から、私が盾となって小石ちゃんを守るんだ！」

「ああ……そういう……」

ロミオはがくりと肩を落とした。

どうせ、ルクリュスを見初めた権力者が無理やり彼をさらう妄想でもしたのであろう。

「偽装じゃなくて、本気で婚約したいんなら協力するけどな」

ロミオは首を振りながらテオジェンナの横を通り過ぎた。

「俺はルーに『偽装婚約しろ』なんて言えねえからな。ルーの気持ちも考えろよ」

素っ気なく言い置いて、ロミオは教室を出た。


（少し遅くなっちまった）

毎週この曜日は友人達と剣の手合わせをしている。皆もう始めているだろう。

自分も急がなくては、とロミオは足早に廊下を渡った。

第15話　ルクリュスの宝物

テオジェンナが教室で悶えていた頃、ルクリュスは中庭にいた。

「……はあ」

肩を落として溜め息を吐く。脳裏にはセシリアに言われた言葉が張りついていた。

ルクリュスがぼやぼやしている間に、テオジェンナ好みの愛らしい見た目の男が現れて、テオジェンナを奪われる。

それはまさにルクリュスが最も危惧《きぐ》していることだった。

テオジェンナは可愛い子が好きだ。

長年ずっとルクリュスの可愛さに悶えてきたが、最近はセシリアの可愛さにも昂《たかぶ》っている。

自分以外の人間がテオジェンナの心を騒がせているのは気に入らないが、セシリアは女子だからまあ許容してやってもいい。

だが、もしもテオジェンナの心を騒がせるほど可愛い男子が現れたらどうなるだろう。

たとえば、小柄な身体に、ぱっちりとした瞳を常にきらきら輝かせている、元気で素直な子犬系男子とかが現れたら。

テオジェンナが「子犬ちゃん子犬ちゃん」とときめいている姿が容易に想像できて、ルクリュスは嫌になった。

かくなる上は多少強引にでも婚約を結んでしまうべきか。家族内に反対する人間はいないし、テオジェンナの父はいくらでも言いなりになる。

(いや、そうじゃない。それじゃ駄目なんだ)

親の間で話を通して婚約に持ち込んだりしたら、テオジェンナは『幼馴染で家格も釣り合うから無難にまとめられたのだ』と誤解しかねない。

そうではなくて、ルクリュスはあの日からずっと、テオジェンナの隣に立つために努力してきたのだということを――

「うわっ!」

背後で誰かが悲鳴を上げた。はっと振り向いたルクリュスの目に、神父のハンネスが怯えて後ずさる姿が映った。

「ル、ルクリュス様? その呪《のろ》いの紋様が刻まれた布はいったい……?」

ハンネスはルクリュスが広げてみつめていたハンカチを指してそう尋ねてきた。

気持ちはわかる。黒と緑の何かが這い回っている上に赤い血飛沫《ちしぶき》が飛んでいるようにしか見えない図柄だからだ。幼い子供に見せたら一発で泣き出すだろうこと間違いなし。気の弱い大人でも悪夢にうなされるだろう。

しかし、十人中十人が『呪われている』と判断するこのハンカチが、ルクリュスの宝物なのだ。

「これは、僕の幼馴染がくれたハンカチなんです」

「幼馴染……とすると、テオジェンナ様がですか? 失礼ですが、あの方がこんな呪物《じゅぶつ》を生み出すとは思えないのですが」

「呪物ではないです。毎日持ち歩いていても不幸になったりしませんから」

ルクリュスは苦笑いを浮かべて立ち上がった。

「僕にとっては、小さな人間だった僕の悩みを吹き飛ばしてくれた、宝物なんです」

＊＊＊

同時刻、セシリアはうきうきと運動場へ向かっていた。

毎週、この曜日にはロミオは友人達と一緒に運動場で剣の手合わせをしているのだ。

それを、誰にも邪魔されないベストスポットでじっくり見学するのが目下の最大の楽しみだった。

「今日もロミオ様の素敵なお姿を目に焼きつけるわよ〜」

るんるんと軽い足取りで、運動場を見渡せる人気《ひとけ》のない木のそばにやってきたセシリアは、運動場に集まる少年達の中にロミオの姿がないことに気づいて首を傾げた。

「ロミオ様、まだいらしてないのかしら？」

ぽつりと呟いたその時、周囲の植え込みが、がさっと音を立てて揺れた。

振り向いたセシリアは、植え込みから二人の男が飛び出してくるのを目にした。

「えっ……」

覆面で顔を隠した男達に襲いかかられ、セシリアは一瞬硬直した後で悲鳴を上げた。

「き、きゃああっ!!」

男達の手がセシリアに伸びて、身体を掴まれそうになる。

だが、そこへ割って入った者がいた。

「無事かっ⁉」

「っ、ロミオ様‼」

ロミオは男達の手を叩き落とすと、セシリアを背に庇い男達の前に立った。

「なんだお前らは⁉」

明らかに不審な二人組に、ロミオは声を張り上げた。

いつも通りならば、ロミオはすでに運動場にいるはずだった。

だが今日はテオジェンナの話に付き合ったために運動場に来るのが遅れ、セシリアの悲鳴を聞いて駆けつけられる位置にいたのだ。

ロミオの声を聞きつけた友人達が運動場から駆けつけ、にわかに辺りが騒がしくなる。

二人組の男は舌打ちをすると身を翻し、素早い動きで逃げていった。

「待てっ！」

ロミオと友人の何人かが追いかけるが、すぐに見失ってしまった。

「くそ。逃げ足の早い……セシリア嬢、怪我《けが》はないか？」

「は、はい。ロミオ様が来てくださったので……」

セシリアはどくどく早打つ胸を押さえ、潤んだ瞳でロミオを見上げた。

「ロミオ様は、いつも私を助けてくださるのね……」

「ん？　何か言ったか？」

「いいえ。何も……」

　セシリアは胸を押さえたまま微笑んだ。

　友人達が逃げた二人組のことを教師に報告しに行き、ロミオは保健室までセシリアを送り、そのまま付き添っていた。

　少し冷静になってきたセシリアは、先ほどの状況を思い返して、一つ不自然な点があることに気づいた。

　セシリアが立っていたのは学園の裏側の人気のない場所である。運動場に行く生徒が近くを通りかかる以外は誰も近寄らないはずだ。

　ただ生徒を狙うのなら、なぜあんな人の通らない場所で待ち伏せをしていたのか。

（まさか、私を狙って……？）

　セシリアの行動をある程度見張っていたのなら、毎週同じ時間に一人きりになるあの場は絶好の襲撃のチャンスだ。

「平和な学園でこんなことが起きるだなんて……」

　セシリアが震えた声で呟くと、ロミオが安心させるように笑った。

「なあに、すぐに捕まるさ。王都の警備兵にはうちの兄貴もいるしな！」

「ええ……そうですわね」

　気を取り直したセシリアは、もし次にまた同じことが起きた時には自らの手で犯人を取り押さえられるように拘束技を身につけなくてはと考えていた。

（奥義『蜘蛛の糸』……お母様に伝授してもらわなければ）

セシリアはそう決意した。

＊＊＊

王太子レイクリードは憂鬱な気分を隠しもせずに溜め息を吐いた。そばに控える侍従が苦い顔をするが咎《とが》められることはない。

特にやることもないのに、学園を休んで王宮で待機しなければならない。北の国からやってくる王女を『到着を待ちわびていた』という演出で迎えるために、だ。

招いてもいないのに勝手に出発した相手なんか出迎える必要はないだろう！　とレイクリードは苛立ちを抑えられなかった。

（王都に到着するのは明日の朝あたりか？）

異国からやってくる姫君への礼儀だと宰相は言うが、おそらくはそれだけではない。レイクリードが婚約者であるユージェニーと会うのを避けるためだろう。

王女を迎える直前まで婚約者と顔を合わせていたと知れれば、向こうは気分を害するだろうという配慮らしい。

（ユージェニーの王宮への立ち入りも禁じられて、母上が激怒していたな……）

王女の態度次第では王宮で女の戦いが起きるかもしれない。

暇つぶしに執務室で報告書をめくっていると、にわかに辺りが騒がしくなった。

「何があった？」

走り回っていた宰相を捕まえて尋ねると、彼は見たこともないほど青い顔をしていた。

「殿下……そ、それが、たった今報告があって……ノースヴァラッドの王女が行方不明になったと……」

「なんだって⁉」

報告によると、ノースヴァラッドの一団は国境を越えて近くの町に宿を取ったが、翌朝王女の部屋がもぬけの殻になっていたらしい。

「詳細は確認中ですが、国境を越えてからのことですから、王女に何かがあったらノースヴァラッドの怒りが我が国に……」

宰相は今にも泡を吹いて倒れそうな様子だ。

王女には護衛もそばに控える侍女もたくさんいたはず。

さらわれたのか、あるいは自らの意志で姿をくらましたのか。

いずれにしろ、一刻も早く見つけなければ大変なことになる。

「何か手がかりはないのか？」

「今のところは何も……」

「宰相様！」

血相を変えた文官が走ってきたので、てっきり王女の件で何かわかったのかと思ったのだが、文官が報告したのはまったく別の事件のことだった。

「今朝、港湾兵が国際的な人身売買組織のものと思われる船を押さえたのですが……解放された者の中に……」

それを聞いたレイクリードは息を呑んで青ざめた。

＊＊＊

幼い頃、ルクリュスは漠然と大きくなれば兄達のようにたくましくなれるのだと思っていた。

けれど、兄弟の中で自分だけがいつまでも小さなまま——『小石ちゃん』のままだと思い知ったのは、十歳の時だった。

兄達は岩石なのに、なぜ自分だけが小石と呼ばれるのか。

ゴッドホーン家の男達は皆その恵まれた肉体で国を守る職務に就いているのに、自分はそうなれない。

自分は、ゴッドホーン家の男にふさわしい岩石になれなかった、出来損ないの小石なのだ。

十歳にして挫折を味わったルクリュスは、大きな劣等感を抱えてしまった。

自分自身に対する憤りと失望は、ルクリュスを自暴自棄にさせた。

そんな彼にとって、よく兄達と一緒に剣の稽古をしていたテオジェンナ・スフィノーラは目障りで仕方がなかった。

なぜ、お前がそこにいる。その場所は本来ならルクリュスのものだ。ゴッドホーン家の八男は自分なのに、そこに交ざることができず、よその家の娘が我が物顔でのさばっている。

そして今日、初対面の平民も、ルクリュスのことは侮って、テオジェンナにはへりくだった。

それが悔しくて、せめてテオジェンナをひどく傷つけてやりたくなったのだ。

「……君は、いいよね。背も高くて剣も振れる」

平民の男が逃げ出した後で薄笑いを浮かべてそう言うと、テオジェンナはきょとんと目を丸くした。

（のんきそうなその顔を歪めてやりたい）

十歳のルクリュスに残酷な衝動が湧き上がる。

頭の中では、護衛もつけずに家を抜け出した自分を心配して、テオジェンナが追いかけてきてくれたのだとわかっていた。だが、感謝よりも『こいつに助けられたくない』という思いのほうが強かった。

「でもさあ、男に交じって剣を振ってばかりじゃあ、嫁のもらい手がなくなるんじゃない？　剣よりも針を持って刺繍の練習でもしていたほうがいいんじゃないの？　そのほうが侯爵令嬢らしいよ」

わざと馬鹿にするような嫌な言い方をしたルクリュスだったが、テオジェンナは怒った様子は見せなかった。

「女の子らしいことが何一つできないから、男みたいな格好で剣を振り回しているのかい？　今はそれでいいけど、年頃になったらどうするのさ。慌てて女の子らしいふりするの？」

ルクリュスは吐き捨てるように言った。

「どれだけ努力したって男の力には敵《かな》わないんだから、剣の修行なんかしたって無駄だろ。諦めておとなしく刺繍でもしてろよ！」

苛立ちを毒舌に変えてテオジェンナにぶつけたルクリュスは、身を翻して自宅へ向かって走り出した。


家に帰ってすぐに後悔した。

テオジェンナは何も悪くないのに、一方的に憤懣《ふんまん》をぶつけてしまった。

自分の場所をテオジェンナに盗まれたような気がして酷《ひど》いことを言ってしまったが、ルクリュスが小柄なのも非力なのもテオジェンナのせいではないのに。

身体が小さいから心まで小さく生まれてしまったのだろうか。父も兄もあんなに豪快な性質なのに、自分だけがどこまでも小さい。

テオジェンナは理不尽に八つ当たられたことに憤ってルクリュスを嫌いになっただろうか。酷いことを言われたと家人に訴えただろうか。

スフィノーラ家から苦情が来るかもしれない。来なくても、嫌われたことは確実だ。次に会う時のことを想像すると胸がしくしくと痛んだ。無視されるか、言い返されるか。

(あんなこと言わなきゃよかった……)

どうにもならない後悔に苛《さいな》まれて、ルクリュスはくよくよと肩を落とした。

八つ当たりをした日から一週間後、テオジェンナがルクリュスを訪ねてきた。

兄達ではなく自分に会いに来たということは、一週間前のことで何か言いに来たのだろうとルクリュスは憂鬱な気分で出迎えた。

睨まれたり目を逸らされたりするかと思ったのに、テオジェンナはきらきらした目をまっすぐに向けてきた。怒っているようには見えない。

「ルクリュス！　さあ、これを見てくれ！」

そう言ってテオジェンナが取り出したのは普通の白いハンカチのように見えた。それを、ルクリュスの目の前でひらりと広げて見せ――

「うわっ……！」

ルクリュスは思わず仰け反って叫んだ。

白いハンカチの右下の部分に、黒と緑の物体が散乱し、その上に血飛沫のような赤が飛び散っている。一目見ただけで否応なく不吉な想像にかられてしまう惨状だった。

「な、何それ？　何か事件でもあったの？」

「事件？」

テオジェンナはにこにこ笑顔で首を傾げる。

「これは私が刺繍したハンカチだ」

「し、刺繍？」

言われてよく見れば、血飛沫のような赤も得体の知れない染みのような黒と緑も、その正体は糸であった。

「えっと……何かの凄惨《せいさん》な事件現場を参考にしたの？」

この幼馴染にそんな猟奇的な趣味があったのかと、信じられない思いで尋ねるルクリュスに、テオジェンナはあっけらかんと答えた。

「何を言っているんだ？　見ての通り、アネモネの花と黒猫だ」

「見ての通り⁉︎」

どう見てもなんらかの犯罪の痕跡《こんせき》か、よからぬ存在を呼び出す呪いの紋様にしか見えないが、刺繍した本人がアネモネと黒猫だと言うならそうなのだろう。

「えーっと……それで？」

不吉なオーラを発する図案から目を逸らしつつ、ルクリュスはぽりぽり頭を掻いた。

「この間、ルクリュスが私のことを心配してくれただろう？　だから、安心させるために刺繍をしてみたんだ。初めてだが、なかなか上手くできているだろう？」

「ええ……？」

到底安心できる出来映えではないのだが、テオジェンナはなぜか自信満々だ。

（いやいや、ちょっと待てよ。そもそも、この間のあれを僕がテオを心配して言ったことだと思っているの？　あんなの底意地の悪い嫌みだって誰だってわかるだろう？　自分でもかなり意地悪な言い方をしたと思ってるのに……）

ルクリュスはちょっと混乱した。

「最初は母上に教わっていたんだが、途中で『もう私の力ではどうにもならない……』と言って席を立ってしまったんだ。私に自分一人で完成させろということだったんだな。侍女達も手伝わないように命令されたのか、誰も近寄ってこなかったし」

それは娘が着々と生み出していく図柄が放つ邪悪な気配に耐えられなくなったのでは？　と、ルクリュスは思った。

「自分一人で完成させて自信がついた！　これまでは苦手意識があってやろうとも思わなかったが、そのせいでルクリュスに心配させてしまったな。私の将来の心配までしてくれるだなんて、ルクリュスは優しいな！」

テオジェンナは満面の笑みを浮かべた。


ルクリュスは唖然とした。

目の前の少女は、ただの八つ当たりを親切な忠告だったと思っているのだ。

そして、それに感謝しルクリュスのことを優しいと思い込んでいる。

（嘘だろ……）

ルクリュスは頭を抱えたくなった。

（どうやったらこんな善良な人間が育つんだ……？）

人を疑わないにもほどがある。

（まっすぐすぎて嫌みが通じないのかな？　脳天気でいいなあ）

とはいえ、貴族としてはどうなのか。腹芸の一つもできないで魑魅魍魎《ちみもうりょう》の跋扈《ばっこ》する社交界で生き残っていけるのか。

なんだか心配になってきて、ルクリュスは胸がはらはらし始めた。

この分だと、いつかろくでもない連中に騙されたり手酷い目に遭わされたりするんじゃなかろうか。

自分の兄達もまっすぐで裏表のない性格だ。だから、テオジェンナのことが他人事《ひとごと》に思えなくなってきた。

そうだ。彼らは自分とは全然違う。

ルクリュス自身は疑《うたぐ》り深い性格だし、誰かに忠告されたって素直にそれを受け取れるような可愛げもない。外見はこの世の愛らしさをすべて集めて練り上げられたかのように可愛いが、中身はそれなりに世の中の汚さを知っているのだ。

そして、ルクリュスは自分が汚れていると知っているからこそ、兄達やテオジェンナのような綺麗な存在がどれだけ尊いかよく知っていた。

（……体格が小さいとか非力だとか、そんなことで腐っている場合じゃないぞ……）

この、善良でまぬけな少女を守らなければならぬ。世の中の汚い連中から。襲いかかってくる危険から。

そのためにはうじうじと悩んではいられない。体格に恵まれなかったのなら、別の力を手に入れなければ。

（僕は、綺麗な岩石を守るために汚れた小石に生まれたのかもしれない……そうだ。強さとは、腕力だけじゃない。僕は兄様達とは違うやり方で強くなってやる！）

挫折してひねくれていた心に、メラメラとやる気が燃え上がってきた。

岩石侯爵家の小石ちゃん。上等じゃないか。

小石には岩石にはできない戦い方ができるはずだ。

岩石になれなかったと嘆くだけで終わってどうする。


かつてないほどに前向きな気分になってきた。目の前の道が開けたような気がする。

一人の少女によってもたらされたこの清々《すがすが》しい気分に、ルクリュスは口角を上げた。


この日、この瞬間、世の中に一人の腹黒が誕生した。

＊＊＊

「……そういうわけで、僕の小さな悩みを吹き飛ばしてくれた宝物なんです」

かいつまんだ説明を終えて、ルクリュスはお茶を口に含んだ。

聖堂に招き入れられて呪われたハンカチの由来を話して聞かせたのだが、改めて思い返すとあの頃の自分は若かったなあと照れくさくなる。

くよくよ悩んでいたところに堂々とこの刺繍を見せられて、細かいことはどうでもよくなったのだ。

「なるほど。そんなことがあったのですね」

腹黒が目覚めたことについては説明を省略したので、ハンネスからすると無力感に包まれていた少年が無邪気な少女の明るさに救われた感動話にしか聞こえなかった。

「では、この呪われ……不吉っぽく見えるハンカチは、テオジェンナ嬢の努力の証《あかし》なのですね。失礼しました」

「いえいえ。ぱっと見はどう見ても凄惨な現場を描いたみたいですからね。呪われていると思うのも無理はないですよ」

ルクリュスは「ははっ」と笑った。

テオジェンナ本人は「やればできるということが証明できたから、もうルクリュスに心配かけないで済むな！」と胸を張っていたので、彼女の中ではこの刺繍は立派な完成品なのだ。どうやら、父親の才能は娘には遺伝しなかったらしい。

「僕は思いきり八つ当たりしてしまったのに、テオは素直に受け取って僕を安心させようとしてくれたんです。心の広い人間って、矮小《わいしょう》な悪意など吹き飛ばしてしまえるんだと教えられました」

「テオジェンナ嬢は素晴らしい方ですね」

お茶のおかわりを注ぎながら、ハンネスが微笑む。

広げていたハンカチを畳んでポケットに仕舞ったルクリュスは、ふと、外が騒がしいのに気づいた。

「何かあったのかな？」

「さあ。たいしたことではないでしょう」

ハンネスは気にする様子もなく静かに言う。

「では、僕はそろそろ……っ」

立ち上がろうと少し腰を浮かせたルクリュスは、急に身体から力が抜けて、椅子に沈み込んだ。

腕にも足にも力が入らず、視界がぼやける。

「……な……」

何が起きたのかわからず、ルクリュスは閉じそうになるまぶたを必死に持ち上げた。

「ふう。そろそろこの神父の芝居にも飽き飽きしていたところですよ」

ハンネスが立ち上がった。ルクリュスの上に影が落ちる。

(何を……芝居だって？)

強い眠気が襲ってきて意識が途切れそうになるのを、ルクリュスは必死に手の甲に爪を立てて頭を働かせようとする。

「運び出せ。丁重にな」

ハンネスが誰かに命じている。いつの間にか、知らない男が立っていて、ぐったりとしたルクリュスを抱え上げた。

(こいつら……誘拐……僕を……くそっ)

ルクリュスは内心でほぞを噛んだ。

お茶に何か混ぜられていたに違いない。完全に油断していた。

(身体が動かない……助けも呼べない。今、僕にできることは……)

聖堂を出るところで、ルクリュスは動かない身体を懸命によじって、ポケットの中のハンカチを地面に落とした。

(テオなら、これで、気づく、は……ず……)

自分の刺繍したハンカチを覚えているはずだ。それを持っているのがルクリュスだということも思い出すだろう。

ルクリュスがいなくなって、ハンカチが聖堂の入り口に落ちていれば、ここでさらわれたのだと気づくはずだ。

そこまでが限界だった。ルクリュスの意識は急速に闇に引き込まれていき、完全に気を失ってしまった。

ハンネスはルクリュスを抱えた男を従え、騒がしい学園を横目に庭を横切り、あらかじめ調べておいた人目につかない場所を通って学園の外に出た。

後にはただ、地面に落ちたハンカチだけが残されていた。

第16話　消えたルクリュス

「ロミオは偽装婚約に反対か……いいアイディアだと思ったのだが……」

思いついた提案を冷たく却下されたテオジェンナは、教室を出て廊下をとぼとぼ歩いていた。

「しかし、婚約をしていてもユージェニーのように横から割り込んでこられることもある。ああ、小石ちゃんを守るために私は何をすればいいいんだ……」

テオジェンナの頭の中をひとしきり『婚約』『結婚』という文字がぐるぐる飛び回る。

そうして、はたと気づいた。

テオジェンナ自身もいつかは誰かと結婚しなければいけないのだ、と。

しかし、自分が結婚するイメージがまったく浮かばない。

「結婚……結婚したら相手を愛さないといけないのか？」

果たして相手のことを小石ちゃん以上に愛せるのか？　いいや、不可能だ。

自分に向けた問いの答えはすぐに出て、テオジェンナは腕を組んで苦悩した。

「どんな男と結婚したいかといえば、私以上にルクリュスを大切にしてくれる相手じゃないと無理だ」

そこは譲れない。絶対条件だ。

たとえば、ルクリュスに何かがあった時、駆けつけようとするテオジェンナを止めるような男は論外だ。むしろ、テオジェンナより先にルクリュスのもとへ駆けつけてくれるような男でなくては。

そして、もしもテオジェンナとルクリュスが同時に崖から落ちそうになっていたら、迷いなくルクリュスに手を伸ばしてくれる男がいい。

テオジェンナは本気でそう思っている。

「私と同じくらいルクリュスを愛し、私のことよりもルクリュスを優先して大切にしてくれる相手……ルクリュスの兄上達か」

悩んだ末に、ルクリュスが聞いたらただでさえ黒い腹が暗黒に染まりそうな結論を導き出した。

「ロミオはセシリア嬢がいるから駄目。岩石1と2は既婚。3と4は婚約者がいる。そうすると、狙いどころは五男ダミアン、六男ギリアムか……」

ゴッドホーン家の岩石どもは皆揃いも揃ってルクリュスを溺愛しているし、性格もおおらかで豪放磊落《ごうほうらいらく》な男ばかりだ。幼い頃からの付き合いなので、テオジェンナの発作も見慣れている。

「求婚してみるか……」

テオジェンナは真剣な顔つきで呟いた。

ルクリュスはそろそろキレてもいい。

「しかし、『ルクリュスを守りたいから五男か六男のどっちか結婚してくれ』なんて言ったら、またロミオに叱られそうだ」

ロミオが聞いたら「俺じゃなくても叱るわ！」と言うだろう。

考えすぎて疲労した頭を休めようと、テオジェンナは眉間を揉んで溜め息を吐いた。

「そうだ。神父様に相談してみよう」

テオジェンナはそう決めてきびすを返した。

「愛する男を生涯守り続けるためにその男の兄に求婚しようと思う」などという相談をされるほうの身にもなってほしいところだが、テオジェンナの暴走気味の訴えを怒らずに聞いてくれるだろう相手は他にいないのだった。

＊＊＊

神父に会いに来たテオジェンナは、いつも開いている聖堂の扉が閉まっているのを見て首を傾げた。

「お留守だろうか」

閉まっている扉の前で足を止めたテオジェンナは、ふと、扉の前に何かが落ちているのが目に入り屈んで拾い上げた。

「ハンカチか……ん？　なんだか見覚えがあるような……」

ハンカチに施された刺繍を目にしたテオジェンナの脳裏に、幼き日の光景が蘇る。

「ああ！　私が刺繍したハンカチじゃないか。懐かしい」

いつもロミオ達に交じって剣を振り回してばかりいるテオジェンナの将来を心配してくれたルクリュスの優しさに感動して、「小石ちゃんが尊いぃぃぃぃっ！」と泣いたり咳き込んだり床を転げたりしながら刺繍したハンカチだ。母と侍女達が悲鳴を上げていたのを覚えている。

「まだ持っていてくれたのか……くぅっ！　小石ちゃんが天使すぎて生きるのがつらいっ！」

扉の閉まった聖堂の前でハンカチを広げて号泣するという、ちょっと近寄りがたい状況のテオジェンナだったが、にわかに騒がしくなった校舎のほうからやってきた教師に鋭く声をかけられた。

「生徒は今すぐ校舎に入りなさい！　指示があるまで自分の教室で待機すること！」

緊迫した形相の教師に何かあったのかと戸惑いながら、テオジェンナはハンカチをポケットにねじ込んで教室へ戻った。

すでに帰宅した生徒も多く、テオジェンナの教室には数人しか残っていなかった。

(何があったんだろう？　ルクリュスにハンカチを返したいけれど……今、ルクリュスの教室に行くわけにはいかないな)


小一時間ほど経った頃、ようやく担任教師がやってきて事態を説明した。

「一年の生徒が不審な二人組に襲われた。幸い、他の生徒が助けに入って無事だが、二人組は逃走。まだ捕まっていない」

生徒達はざわめいた。テオジェンナも顔を強《こわ》ばらせて息を吞む。

王侯貴族の子女が通う学園で、外部からの侵入者に生徒が襲われるなど前代未聞《ぜんだいみもん》だ。

「各家の迎えが確認できた者から呼び出すので、それまでは教室を出ないように」

すでに学園を出てしまった生徒の家にも連絡を取り、無事に帰宅しているかを確認しているという。また、王宮にも報告を入れて騎士団の派遣を要請したそうだ。

なぜか嫌な予感がして、テオジェンナはポケットの中のハンカチを握りしめた。

名前を呼ばれるまでの時間が、やけにゆっくりに感じられる。

そしてようやく、迎えにやってきたスフィノーラ家の馬車に乗り込む寸前――

「テオジェンナ！　ルーを見てねえか⁉」

血相を変えて走ってきたロミオに呼び止められた。

「⁉」

テオジェンナはその言葉に耳を疑った。

「どういうことだ？　ルクリュスがいないのか⁉」

息を切らしたロミオの様子から、彼がしばらくの間弟を探し回っていただろうことが見て取れる。テオジェンナの背筋に冷たい汗が流れた。

「ああ……教室にいなくて、もちろん家にも帰っていない。今、校舎の中を探してもらっているが……」

ロミオの言葉に、テオジェンナの気が遠くなる。だが、現実から逃げている場合ではないと気力を振り絞って踏みとどまった。

ルクリュスは黙って学園を抜け出すような真似はしない。何かが、あったのだ。

そこでテオジェンナははっと気づいた。

「聖堂！　神父様がルクリュスと会ったかもしれない……！」

聖堂の入り口の前にハンカチが落ちていた。もしも、いなくなる前のルクリュスが聖堂を訪ねていたとしたら、最後にルクリュスを見たのは神父の可能性が高い。

テオジェンナはロミオを促して聖堂へ向かって駆け出した。

「さっきは聖堂が閉まっていて神父様も不在だった。戻ってくれていればいいのだが……」

走りながら、テオジェンナは嫌な予感が渦巻く胸を押さえてルクリュスの無事を祈った。


やがて聖堂のある中庭にたどり着いたテオジェンナとロミオが目にしたのは、騎士達に命じて聖堂の扉をこじ開けさせるレイクリードの姿だった。

「くそっ、遅かった。逃げられたか……」

開いた扉から中を覗いたレイクリードが悔しそうに顔を歪める。

「探せ！　まだ遠くへは行っていないはずだ！」

「殿下……？　なぜ聖堂に……」

テオジェンナは騎士達に指示を飛ばすレイクリードに駆け寄った。

「スフィノーラ嬢。ここに近づいては駄目だ。家に帰るんだ」

レイクリードは王者の威厳を湛えた声でテオジェンナに命じたが、テオジェンナは引き下がることはできなかった。

「私は聖堂に……神父様に用があるのです」

「そうです！　ルー……弟がいなくなって、神父様が何か知っているんじゃないかと」

テオジェンナに続いてロミオがそう訴えると、レイクリードは目を見開いて顔色を変えた。

「ルクリュス・ゴッドホーンがいないのか⁉」

これほど真っ青になったレイクリードを、テオジェンナは初めて見た。

レイクリードのこの態度。聖堂を囲み中を調べる騎士達。『逃げられた』という言葉……テオジェンナの胸に嫌な焦燥が湧き上がってきて、ぐるぐると胸が掻き回されるような気持ち悪さに襲われた。

彼らは誰かを捜しにきた。聖堂にいると思われる相手を。

それは、つまり――

「ルクリュスがいなくなった理由に……神父様が関わっているのですか？」

テオジェンナの問いかけに、レイクリードはぎゅっと眉をしかめた後で、溜め息と共に頷いた。

＊＊＊

「今朝方、港湾で人身売買組織の船が取り押さえられた」

不安と焦りを露わにするテオジェンナとロミオを連れて生徒会室に移動したところで、レイクリードが切り出した。次の動きに備えて一部の騎士たちを連れたままであることが、事態の深刻さを物語っている。

「船に乗せられていた誘拐の被害者を保護したのだが、その中に新しくこの学園の神父に任じられたコール・ハンネス神父がいた」

テオジェンナとロミオは息を呑んだ。

「ハンネス神父は前任のクロウリー卿に代わり、この春から学園に勤めることになっていた。だが、学園に向かう道中で誘拐され、持っていた荷物と書類を奪われてしまったそうだ」

「その書類を利用して、神父のふりをして学園に潜入していたということですか？」

問いかけるロミオの声に強い怒りがにじむ。

「ああ。誰も新しい神父の顔を知らず、本物の紹介状と辞令を提出されたため疑わなかったようだ」

人身売買組織の人間が学園に入り込み、神父のふりをして虎視眈々《こしたんたん》と生徒を狙っていたのだ。

セシリアを狙った二人組も偽ハンネスの仲間だろう。彼女はたまたま近くにいたロミオのおかげで助かったが。

「ル……ルクリュスは、その連中にさらわれたっていうんですか？」

テオジェンナは震える声で尋ねた。

そんなこと信じたくない。何かの間違いだと思いたい。

だが、聖堂の前に落ちていたハンカチと行方のわからないルクリュス。

偽神父が消えた以上、目的を果たして逃げたのだと思わざるを得ない。

「セシリア嬢の誘拐に失敗して、代わりにルーをさらったのか……それとも、最初から二人とも狙われていたのか……」

「とにかく、全力で捜索に当たる。お前達は他の生徒達が動揺しないようにいつも通りの態度でいてくれ」

レイクリードはそう言いながらテオジェンナに目をやった。

もちろん、テオジェンナが冷静でいられるわけがないと、二人ともわかっていた。

テオジェンナは冷えた指先を握りしめて震えていた。

何か考えようと思うのだが、思考がぶつぶつと途切れてしまって長く続けられない。

「まずはゴッドホーン家へ」

「は、はい！」

「……殿下！　私もルクリュスを捜しにっ」

レイクリードがロミオを伴って出て行こうとしたのに気づいて、テオジェンナは思わず追いかけようとした。だが、踏み出した足がふらりともつれる。

ルクリュスを捜さなければ、と気ばかり焦るのに、身体の動きがついていかない。自分で思っている以上に動揺しているようだ。

（でも、捜しに行かなければ……早く見つけなければ！）

じっとしていることなどできないと思うテオジェンナだが、レイクリードは厳しい口調で告げた。

「一学生を捜索に加えることはできない」

「しかしっ……！」

「ここでお前と問答している余裕はない。安全のためにも、学生は全員自宅待機だ。ここでの会話は他の者には話すな。お前達、スフィノーラ嬢を馬車まで連れて行け」

騎士達がテオジェンナを支えるようにして足を踏み出した。テオジェンナはまだ何か言いたかったが、言葉が見つからずに口をつぐんだ。

馬車まで送られ自宅に着くと、母のラヴェンナが心配そうに迎えてくれた。

「学園に侵入者があったんですって？　怖いわね」

学生の家にはまだ生徒が誘拐されたことまでは伝えられていないらしい。

テオジェンナは曖昧な返事をして自室に引っ込んだ。

扉を閉めて一人きりになったところで、気力が切れて寝台に倒れ込むように顔を埋めた。頭がぼんやりして、すべて夢だったのではないかという気がしてくる。

このまま眠って、起きた時には全部が元に戻っていればいいのに。そんなふうに考えるが、現実逃避は長く続かなかった。

「……夢じゃないんだ。これは」

一度、目をぎゅっと瞑《つむ》ってから、身体を起こした。部屋の中は少し薄暗い。じきに陽が沈むようだ。

「くそ……情けない。失態だ」

テオジェンナは前髪をくしゃりと掴み上げて唸った。生徒会室ではレイクリードの前でおろおろとした挙げ句、騎士達に自分を支えさせてしまった。武勇を誇るスフィノーラ家の者が心を揺らして動けなくなるなど恥でしかない。

普段から自分を岩石だと言い張っているくせに、いざという時にまるでか弱い令嬢のような振る舞いしかできないなど、テオジェンナは己の不甲斐《ふがい》なさに失望した。

「しっかりしろ！　ルクリュスを助けるために、自分にできることをしなければ……」

自分の頭をガツガツと叩いて「働け！」と命じながら、途切れ途切れの記憶の中からレイクリードの話を思い返す。

確か、セシリアも狙われたと言っていた。狙われたのがルクリュスとセシリアだけなら、あの学園の中でなぜ二人だけが目をつけられたのか。

「ルクリュスとセシリア嬢。二人の共通点は……『人智を超えた可愛さ』!!」

二人が狙われた理由に思い至り、テオジェンナははっと顔を上げた。

そうだ。あの二人はとにかく可愛い。可愛い以外の何者でもない。

人身売買組織の連中は、可愛い子を探せと命じて偽ハンネスを送り込んだに違いない。

「そうとも知らず……私はのんきにルクリュスを偽神父に紹介してしまった！　なんて愚かだったんだ!!　ルクリュスが無事に帰ってきたら目の前で腕の一本でも切り落として謝罪しなければ!!」

実行したらルクリュスがただただ困りそうなことを叫びながら、テオジェンナはひたすら自分を責めた。

(ルクリュスを可愛い可愛いとあれだけ口にしておきながら、可愛さゆえにスゴイーケンリョーク王国に狙われると危惧しておきながら、現実的な対処を何もしていなかっただなんて……！　私はなんて怠惰《たいだ》な人間なんだ！　私にはルクリュスの可愛さを愛でる資格などない……っ)

その時、こつ、とかすかな音がテオジェンナの耳に届いた。

こつ、こつ、と、小さな硬い音がする。

どこから音がするのかと部屋を見回したテオジェンナは、窓ガラスの向こうで小さな黄色いものが動いているのに気づいた。

窓に近寄ると、一羽の黄色い小鳥が嘴で必死にガラスを叩いている。

窓の外は灰色だ。鳥はそろそろねぐらに帰る時分だろうに。

「……この鳥は」

見覚えがあった。時折、ルクリュスの肩にとまっている小鳥に似ている。

もちろん、黄色い小鳥などどこにでもいるし見分けなどつかないが、それでもこれはルクリュスの鳥だとテオジェンナは確信した。

「私に何か言いたいのか？」

窓を開けると、小鳥はテオジェンナの頭の上をぐるぐる飛び回ってピイピイと鳴いた。何かを訴えるように。

「何か伝えようとしているのか？　ルクリュスの居場所か？」

小鳥がまるで頷くように首を振ったように見えた。

普通なら、小鳥が仲良しの人間のために助けを呼びにきたなどという夢物語をテオジェンナは信じない。

だが、それがルクリュスなら話は別だ。

人智を超えた可愛さを持ち、生きて息をしているだけでこの世に清らかな空気と愛と希望を振りまいているルクリュスならば。

生きとし生けるもの達から、その愛らしさ清らかさ温かさを愛されているルクリュスであれば。

彼を助けるために小鳥が助けを呼びにくるのも少しも不自然ではない。（断言）

「よし！　今行くから待っていろ！」

テオジェンナは小鳥が必ずやルクリュスのもとへ導いてくれると信じた。

できれば他の者にもこのことを伝え、ルクリュスを助け出すための大軍団を率いて不届きなる誘拐組織を討伐に行きたいところだが、今は他の者に説明している時間が惜しい。夜になれば小鳥は飛べなくなる。今、空にかろうじて日があるうちに行けるところまで行かなくては。

そのためには、身軽なほうがいい。

テオジェンナは覚悟を決めた。

剣を手に屋敷から駆け出たテオジェンナは、愛馬にまたがって空を見上げた。小鳥はやはりテオジェンナを導くようにまっすぐに飛んでいく。

「道案内を頼むぞ！　必ずルクリュスを救い出す！」

固い誓いを立て、テオジェンナは夕闇の中を駆けていった。

第17話　誘拐先での出会い

「ん……」

ルクリュスは不快な振動で目を覚ました。

辺りは暗く、目を凝らすとぼんやりとした黒い影がいくつも見える。ゴトゴトと振動音がうるさい。

起き上がろうとしたが、手首に食い込む縄の感触に眉をしかめることしかできなかった。後ろ手に縛られている上に猿轡《さるぐつわ》もかまされている。

身動きできない状況であることを認識すると、途端に学園で己の身に起きたことが脳裏に蘇る。

さらわれたのだ。神父――神父だと思っていた何者かによって。

少し目が慣れてくると、黒い影は積み荷であることがわかった。全身を揺らして床板にぶつけられる振動が、馬車の揺れであることも。

(荷馬車で運ばれているのか……)

身をよじって少し身体を起こしてみると、幌《ほろ》の隙間からわずかに白い光が見える。とすると、まだ完全に日が落ちてはいない。

(王都から出て街道を走っているのか？　どこまで行くつもりだ？)

ルクリュスは冷静に周囲の状況を把握しようとして、しかし薬を盛られたことを思い出して自らの不甲斐なさにギリギリと歯噛みした。

（くそっ！　あの神父の胡散臭《うさんくさ》さに少しも気づかなかっただなんて！）

セシリアの母を前にした時も思ったが、自分はまだまだ未熟だ。

ルクリュスが普段、策謀家ぶって余裕でいられるのは、ルクリュスの周りにいるのが（セシリア以外は）おおらかで正直な善人ばかりだったからなのだ。

（結局、僕は自分に優しい世界でイキがっていただけなのか）

自分がまだまだ尻の青い子供であったことを自覚して、ルクリュスは恥じ入った。

（もっと賢く、強《したた》かにならないとな……まずは生きて帰るのが先だけど）

とりあえず、今は馬車が停まるのを待つしかない。

なるべく体力を温存するために、身を起こして積み荷にもたれ、振動が響かないようにする。

それから目を閉じて、馬車の周囲の音が聞こえないか耳を澄ませた。

人の声が聞こえれば、そばに町や村があるはずだし、にぎやかになれば町に入ったということだ。

今は車輪の立てる音しか聞こえない。

ルクリュスはじっと心を落ち着けて耳を澄まし続けた。


それからしばらく経って、一度大きく揺れたかと思うと馬車が停まった。

二人の男が乱暴に幌を開けて乗り込んできて、身を硬くするルクリュスを担ぎ上げて荷台から降ろし、真っ暗な屋敷の中に運び入れた。

「おら。今晩はここでおとなしくしてな」

家具も何もない部屋に投げ入れるように転がされて、ルクリュスは「うぐっ」と呻いた。乱暴に扉が閉められる。室内は真っ暗で、唯一の明かりは部屋の真ん中の床に置かれた小さなランタンだった。

（チッ、野蛮人どもめ……！）

内心で舌打ちしながらルクリュスが身体を起こそうとした時、この場にそぐわないやわらかい声がかけられた。

「あのー、大丈夫ですかー？」

ふわふわとした少女の声に、ルクリュスは驚いてそちらへ目をやった。

部屋の隅に、ぐしゃぐしゃになった毛布の上にちょこんと座る、同い年くらいの少女がいた。長い銀髪を肩に垂らし、純白のドレスを着ているせいか、一瞬、暗闇の中で光り輝いているかに見えた。

ルクリュスはもがいてもがいてなんとか猿轡を外した。

「君もあいつらに捕まったの？」

少女は青い瞳を丸くして首を傾げた。

明らかに高貴な身分の少女だが、ルクリュスと同様に手を縛られているというのに悲壮感も焦燥も感じられない。事態が呑み込めていないように見える。

「僕はルクリュス。君は？」

「私はー、フロルといいますー。よろしくー」

微笑む少女のおっとりと間延びした喋り方に、ルクリュスは少々苛立った。

（誘拐されてるのに、なんでそんなに危機感がないんだ？　……しかし、フロルなんて名の貴族、この国にいたかな？）

フロルという名前はルクリュスの頭の中の情報網に引っかからなかった。

「他国の人間か？　なんでこんなところに……」

「えっとー、私ー、お父様の命令でー、お見合いに来たんですー」

フロルはぷくっと頬をふくらませて言った。

「でもー、そのお見合い相手には婚約者がいるんですー。それなのにー、お父様が強引にー」

スローテンポな話を要約すると、条件のいい相手に娘を嫁がせたい馬鹿親父が、すでに婚約者のいる男に権力でごり押しして娘と結婚させようとしているらしい。だが、娘本人は男と婚約者を引き離すのが嫌で、見合いに向かう道中、お供の隙を見て逃げ出したそうだ。

「家に帰ってー、も一回お父様に抗議してやるんですー」

フロルは父親に対してぷんぷん怒っているが、一人でふらふらと逃げ出した挙げ句に人さらいに捕まっているのだから、父親がちゃんとした相手に嫁がせたかった気持ちもわかるとルクリュスは思った。放っておくと危なっかしくて仕方がないのだろう。

「でも、よく逃げ出せたな？」

「ええ。宿に泊まった時に窓からー」

「飛び降りたのか？」

まさかそんなわけないと思いながらルクリュスが尋ねると、フロルは「あははー」と笑った。

「いいえー。下には見張りがいたからー、窓から屋根に飛び乗ってー、後は建物の屋根から屋根へ飛び移ってー」

「ちょっと待った」

ルクリュスは話の途中で口を挟んだ。

「屋根から屋根へ飛び移っているって最中に捕まったっていうのか？」

「いえいえ。屋根の上を移動していたのは町中だけでー、森の中ではちゃんと地面を歩いていましたー。そしたら、親切な方々が私の国まで送ってくれるって言ってー」

どうやらフロルは人さらいに捕まった自覚がないらしい。

ルクリュスは「けっ」と吐き捨ててフロルから顔を背けた。

ルクリュスは兄達やテオジェンナのような純粋でまっすぐな馬鹿は大好きだが、考えなしのお花畑は好きではない。

（世間知らずに付き合ってられるか）

フロルに興味をなくしたルクリュスは、自分が助かる方法を探して頭を巡らせはじめた。

（この屋敷は連中の本拠地ってわけじゃないな。朝になったらまたどこかに運ばれるんだろう）

王侯貴族の通う学園に潜入できるぐらいだ。ただのゴロツキの仕業ではない。大規模な犯罪組織が裏にいるに違いない。

（たぶん、逃げるチャンスは今だけだ。でも、どうやって……）

ルクリュスが逃げ出す方法を考えて眉間にしわを刻んだその時、カリカリと小さな音が耳に届いた。

身体をひねって見ると、一匹のネズミがルクリュスの手を縛る縄をかじっている。

「お前……っ」

ルクリュスは目を丸くした。

それはルクリュスの使役《しえき》するネズミ軍団の中の一匹だった。

ネズミ軍団はいつ何時《なんどき》ルクリュスに呼ばれても対応できるように、必ず一匹はルクリュスの近くに待機している。その一匹が、ルクリュスがさらわれるのを見て馬車に飛び乗り一緒に運ばれてきていたのだ。

ネズミは懸命に縄をかじり、やがて噛み切られた縄がはらりと床に落ちた。

自由になったルクリュスに向かって一声「チュー！」と鳴くと、ネズミは壁を登って天井裏に姿を消した。

「まあー。ネズミさんとお友達なんですねー」

「まあね」

忠義のネズミに助けられたルクリュスは、馬車での移動のせいで固まった関節をほぐして立ち上がった。

「君の縄も解くから後ろを向け」

「あら？　この縄って外していいんですかー。だったら、自分で外せますからお気遣いなくー」

そう言うと、フロルは「ふっ」と短く息を吐いた、次の瞬間、手首を縛る縄がブチブチィッと音を立てて引きちぎられた。

「あー、しまったー。縄がボロボロになっちゃいましたー。後で弁償しないとー」

フロルも立ち上がってルクリュスの隣に並ぶ。

「……あの、もしかして君ってすごく強かったりする？」

フロルは小柄なルクリュスよりさらに小さい。どう見てもか弱い少女なのだが、見た目通りの人物ではないようだ。

腹黒ではないが、セシリアと似た何かを感じる。油断できない。

「私ー、六歳の時に騎士団長の息子さんと喧嘩しちゃって……お父様に『二度と人と闘ってはいけない』と説教されたんですー」

「ふうん……」

「さすがに十歳も年上の方を絞め落として気絶させたのは、はしたなかったなーっと反省してますー」

「六歳の時に十六歳の騎士団長の息子を絞め落として気絶させた⁉」

ルクリュスは思わず大声で突っ込んだ。

「おい、うるせーぞ！　おとなしくしてろ！」

扉の外から怒鳴られて、我に返ったルクリュスは床に落ちた縄を拾って隠した。

「とりあえず、君は縛られているふりをして座っておいて」

いつ扉を開けられるかわからない。逃げ道を見つけるまでは連中を油断させておきたい。

ルクリュスは足音を立てないようにそろそろと窓辺に近寄った。月明かりも入らないから薄々予想していたが、やはり窓には板が打ち付けられて完全に塞《ふさ》がれていた。脱出口は扉しかない。

（よし。フロルに見張りを倒させせよう）

ルクリュスは使えるものはなんでも使う主義である。

「ねえ、フロル。僕が扉を開けるから、外にいる人を絞め落としてくれる？　騎士団長の息子みたいに」

「えー？　ダメですー。私は二度と闘わないと決めたんですー」

フロルはふるふると首を横に振った。

「そこをなんとか。騎士団長の息子だってきっともう気にしてないさ。むしろ『絞め落とされ仲間』ができたほうが喜ぶかもしれないし……」

口八丁で操ろうとルクリュスがフロルの横にしゃがみ込んだと同時に、扉が開けられた。

ルクリュスははっとして咄嗟に手を後ろに回した。

「よぉ。仲良くしているみたいだな」

ニヤリと笑って入ってきたのは、神父の皮を脱ぎ捨てた偽ハンネスだった。

「どうも。コール・ハンネス神父様」

ルクリュスはキッと偽ハンネスを睨みつけた。

「初めまして。ルクリュス・ゴッドホーン様。私はあの学園以外の場所ではザックと呼ばれております」

偽ハンネスは愉快そうに言った。

「なるほど……薄汚い人さらいの名前はザックというのですね。覚えておきます」

ルクリュスが怯むことなく言い返すと、偽ハンネス――ザックは「ふん」と鼻で笑った。

「見た目はたいそう可愛らしいが、度胸はあるようだな。さすがは武勇の誉れ高いゴッドホーン家の息子といったところか」

嘲るような口調でルクリュスを見下ろしてくる。ルクリュスは下から顎《あご》を殴りつけてやりたい衝動を必死に抑えた。

「僕達をどこに売り飛ばすつもりだ？　こんなところでのんびりしていていいのか？　今頃は皆必死に僕を捜しているぞ。こんな隠れ家すぐに見つかる」

自分の父と兄達ならばすぐに兵を動かすだろう。国境にも検問が置かれる。時間が経てば経つほど、国外への移動は難しくなる。

だが、ザックは余裕そうな表情を少しも崩さない。


「……国内に取引相手がいるのか？」

ルクリュスはザックの態度からそう推測した。

時間が経てば経つほど、犯人は遠くに逃げたと考えられ捜索の範囲は広がっていく。誘拐現場の近くほど、逆に捜されなくなる。二、三日隠れて捜索隊をやり過ごし、彼らが国境や港を重点的に見張るのを横目に商品の受け渡しを行うつもりかもしれない。

「ご名答。昔からのお得意先でね。男女問わず愛らしい子供を可愛がるのが趣味の方なんだ」

ぞっとするようなことを言ってのけるザックに、ルクリュスはぎりりと奥歯を噛みしめた。

お得意先とやらもどうせまともな商売をしている人間ではないのだろう。

「そのお客が今度は貴族の可愛い子と遊びたいと言い出してね。いやあ、苦労したよ。学園に潜入するだけでもとんだ時間と手間がかかったもの。運良く神父の交代があったおかげで入り込めたけれどね。それに、早めに君と仲良くなれたのもツイてた。紹介してくれたテオちゃんに感謝だね」

テオジェンナを馴れ馴れしく呼ばれて、ルクリュスは目をつり上げてザックを威嚇した。

「しかし、残念だ。本当ならここにセシリア・ヴェノミンもいるはずだったんだが、仲間が下手を打って捕まえ損ねた。きっと高く売れたのになあ」

ザックは心底残念そうに肩を落として溜め息を吐いた。

（あの蜘蛛女も狙われていたのか……くそぉ、あいつは捕まらなかったのに僕だけ誘拐されただなんて……帰ったら絶対に嘲笑される！）

ルクリュスの脳裏に、「無様ですわね！」と高笑いをするセシリアの姿が思い浮かんだ。

それと同時に、「絶対に無事に帰ってやる！」という気概が込み上げてくる。怒りは原動力だ。

それに、テオジェンナのことも心配だ。ルクリュスがいなくなって、どんなにショックを受けていることだろう。ショックのあまり幻覚を見たり妄想に囚われたり記憶を失ったりしていなければいいのだが。

（僕は絶対に無事に帰らなきゃいけない。テオの心の健康のためにも……！）

「まあ他の仲間が森で思いがけない拾い物をしたから、男女セットで売れるのはありがたい」

フロルを眺めてザックがそう言って笑う。ルクリュスはザックを睨みつけた。

「無駄な皮算用だな。僕は売られるつもりはない！」

ルクリュスがきっぱりと宣言すると、ザックはおもしろそうに吹き出した。

「逃げられるとでも？　それとも、お前達みたいな悪者はやっつけてやるー、とか考えてるのか？　『岩石侯爵家の小石ちゃん』が？」

「あんまり小石を馬鹿にするなよ？　僕はただの小石じゃない。――最高に頼れる岩石どもに愛されている、『岩石侯爵家の小石ちゃん』だ！」

ルクリュスはふっと不敵に笑った。

「僕と、僕を愛する岩石どもを甘く見るなよ！」

＊＊＊

テオジェンナの前を飛んでいた小鳥が急に降下して、道の真ん中に座っていた猫の傍らにとまった。

猫は「にゃーん」と一声鳴いて立ち上がり、「ついてこい」と言うようにテオジェンナを見てからさっと走り出した。

小鳥は役目を終えたのか、森のほうへ飛んでいく。

どうやら、夜目のきく猫に案内役が変わったらしい。

「モフモフが助けてくれる！　さすがは小石ちゃんだ！」

テオジェンナは馬上で笑みを浮かべた。

こんなにも小動物から愛されているルクリュスをさらうだなんて絶対に許せない。

しかし、犯人に対する怒りと同時に、自分への怒りも湧き上がってくる。

なぜ、守れなかった？　ルクリュスがさらわれた時、なぜ、そばにいなかった？

自分がそばにいて守れていたら……いや、ハンカチを拾った時点で何かがあったのだと気づくべきだったのだ。

「スフィノーラ家の娘と名乗っておきながら、肝心な時に役に立たないとは……父上にも兄上にも申し訳が立たない。私には最初から、誰かを守る力などなかったのかもしれないな……」

自嘲に伴う無力感を振り切って、テオジェンナは猫の姿を見失うまいと目を凝らした。

今はとにかくルクリュスを見つけることが最優先だ。自己嫌悪など後でいくらでもできる。

「そうとも。敵は学園に潜入できるほどの組織……その辺のゴロツキとは違う。強大な敵だ。すごく強大な……スゴイーケンリョーク王国みたいな強大な……」

強大な敵、という言葉でテオジェンナの頭の中に思い浮かんだのは、日中に妄想した架空の国だった。

「そうだ。スゴイーケンリョークみたいな連中なら、学園に潜入するぐらい造作もないだろう……おのれ！　スゴイーケンリョークめ！」

ちょうど日中の妄想でもスゴイーケンリョーク王国（注：架空の国）に連れ去られるルクリュスというシチュエーションを思い浮かべていたため、妄想と実際にルクリュスが連れ去られてしまった現実が、テオジェンナの中で混同してしまった。

「お前達の好きにはさせない！　必ず取り戻してみせる！」

テオジェンナは馬上で勇ましく吠えた。

その声には強い決意がみなぎっていたが、いかんせん相手はテオジェンナの脳内にしか存在しない架空の国である。

ともあれ、テオジェンナは着々とルクリュスのもとへ近づきつつあった。

第18話　貴婦人たちの戦い

王太子レイクリードは学園からまっすぐゴッドホーン家に移動し、ルクリュスの父母に事情を説明した後すぐに城に戻ってきた。

「この後、ゴッドホーン侯爵家の者達が来る。部屋を用意しておけ」

侍従に命じて、自分は宰相のもとへ向かう。

賊が学園に侵入し、貴族の子女をさらった。

もちろんとんでもない大事件であることに間違いなく、全力で捜索にあたるべきなのだが、今のレイクリードはこっちに掛かり切りになれない状況だ。

ノースヴァラッドの王女が行方不明。

こっちは下手すると戦争が起きかねない。

勝手に押しかけてきた娘がいなくなったからといって、こちらが責任を押しつけられるのは理不尽だが、向こうの国王がどんな解釈をするかわかったものじゃない。

王女が姿を消したのは国境を越えてこの国に入った後だ。この国でいなくなったのだからこの国が全面的に悪いといって攻め込んでくる可能性も決して低くはないのだ。

向こうから難癖つけられる要素を少しでも減らすため、表向きレイクリードは王女の捜索に全力を傾けているという体《てい》でいなければならない。

そうなるとルクリュスの事件のほうは表立って動くことが難しい。せめて王家はゴッドホーン家の子息を見捨てたわけではないと示すため、また情報をすぐに伝達するためにも、侯爵夫妻に王宮にいてもらうぐらいしかできない。

(それでもし、ルクリュス・ゴッドホーンが見つからなかったら……)

テオジェンナがどうなってしまうのか。

想像もつかなくて、レイクリードは暗澹《あんたん》たる気分に陥った。

＊＊＊

城に到着したゴッドホーン家の三人、ガンドルフ、ルリーティア、ロミオは王宮の一室に通されて手厚く遇された。

ほどなく、ロミオ以外の息子達も集まってくる。

「父上！」

「親父！」

どしどしと足音を立てて、岩石どもが集結した。

「賊め！　我が弟を拐《かどわか》すとは不届きな！」

はちきれんばかりに肩の筋肉を怒らせるのは岩石その1こと長男のジークバルドだ。

「まったくよぉ……捕まえたらただじゃおかねえぜ」

こみ上げる怒りを抑えようと、ミキミキ鳴る腕の筋肉をさするのは岩石その2こと次男ガイウス。

「うむ！　ルクリュスに傷一つでもつけたらその時は……」

眉間にしわを刻むのは岩石その３こと三男デュオバルド。

「その時は生まれてきたことを後悔させてやるぜ！」

拳を手のひらに叩きつけて岩石その４こと四男オーガストが吠える。

「でも、ほとんどの部隊は王女の捜索で出払っちまってるからなあ。俺達兄弟だけ呼び戻されたが」

不満げに顔をしかめて岩石その５こと五男ダミアンが舌を打つ。

「王女の捜索に向かわせた部隊の何割かをルクリュス捜索に向けてくれるとは思うけど……俺達だけで捜したほうが早いかもな」

頭をがりがり掻きながら岩石その６こと六男ギリアムが兄達を見回した。

「捜しに行くなら俺も連れていってくれよ、兄貴達！」

まだ学生の身の岩石その７こと七男ロミオは、置いていかれてはたまらないと声を上げる。

「ロミオ。お前はまだ学生だ。連れて行くわけにはいかん」

当主ガンドルフが首を横に振る。ロミオはぐっと口を引き結んだ。テオジェンナが王太子に止められたのと同じ理由だ。ロミオが捜索に加われば、王太子命令に背いたことになる。

「そうだ。それに、お前には他に重要な役目がある」

「役目？」

ジークバルドの言葉に眉をひそめるロミオに、ダミアンが続きを引き取った。

「テオジェンナを見張るんだよ」

「ああ……」

その場にいた全員が思わず納得した。

テオジェンナ・スフィノーラ。

彼女はゴッドホーン家の岩石達にとって特別な存在だ。

誰よりも愛らしい末の弟を、誰よりも深く愛しているのがテオジェンナだ。幼い頃から今まで、『ルクリュスが可愛い』という理由で彼女が何度死にかけたことか。数えるのも嫌になる。

「ロミオにはスフィノーラ家へ行ってテオジェンナをなだめる役目を頼みたい」

「俺がなだめたところでどうにかなるテオジェンナじゃねえよ……」

ロミオは同年代の男にならば負けない自信があるが、テオジェンナを抑えられるかは断言できない。

「大丈夫だ。トラヴィスも心配して様子を見に戻ったから、二人がかりなら……」

テオジェンナの兄・トラヴィスの同僚であるギリアムがそう言いかけた時、せわしない足音が響いて、室内に蒼白《そうはく》な顔の青年が駆け込んできた。

「トラヴィス!?」

普段は常に寡黙で冷静なスフィノーラ家の嫡男トラヴィスは肩で息を吐きながら、この場にいる全員が今一番聞きたくない言葉を発した。

「……テオジェンナが、いなくなった」

たいていのことには動じない岩石侯爵家の男達が、青ざめて息を呑んだ。

＊＊＊

ルクリュスの母ルリーティアは一人、庭に出ていた。

先代国王の王女で現国王の妹であるルリーティアにとっては幼き頃から慣れ親しんだ庭だが、今は心を癒やしてはくれなかった。

末の息子が人身売買組織に誘拐されてから数刻、いまだ何の手がかりもない。

港湾で取り押さえられた船には末端の連中しか乗っておらず、彼らの口から組織の本拠地の場所を聞き出すことはできなかった。下っ端はあまり高く売れない商品を回されるだけで、詳しいことは知らないようだ。もしかしたら、捕まってもいいような連中を利用して目くらましや囮《おとり》にしていたのかもしれない。高級品の取引を無事に行うための。

ルリーティアの息子、ルクリュスは間違いなく高級品だ。

ということは、組織の中でもそれなりの地位の者が動いているはずだ。少なくとも神父のふりをできるくらいの知性と教養のある者が、学園で獲物を物色していたのだ。

そして、そのお眼鏡《めがね》にかなったのがルクリュスというわけだ。

（私の息子だもの。当然だわ）

この世の誰よりも可愛く産んだ息子は、捕まってただ怯えるような性分ではない。きっと冷静に敵の隙を窺っているはずだ。

ルリーティアは目を伏せて考えた。

この国では人身売買は固く禁止されている。取引をするためには普通なら船で外洋に出るか、馬車で国境を越えるしかないだろう。しかし港湾にも国境にもすでに兵は配備されている。

（移動距離が長いほど捕まる危険は多くなるわ。日数がかかればそれだけ品物も弱る……高級品ならできるだけ綺麗に、元気なうちに届けたいはず……）

ルリーティアははっと気づいた。

（もしかして、この国の中で取引が行われるのでは？）

国外へ逃げられることを警戒して国境を越える者を取り締まっているが、犯人はまだこの国にとどまっているのではないか。

だとしたら、どこに隠れるだろう。夜に移動すれば目立つ。兵の目を逃れるためには、遠くに逃げるのではなく、近くに隠れてやり過ごしているのでは。

ルリーティアがいろいろな可能性を案じていたその時、誰かが音もなく庭に入ってきた。

「子を拐《かどわか》されるなど、さぞかし胸が引き裂かれる思いでしょう」

いたわりを込めた言葉に、ルリーティアは即座に声の主を悟って背筋を伸ばし頭を下げた。

「王妃様におかれましては、我が息子のことで御心を騒がせてしまい、誠に……」

「顔を上げてくださいな。王立の学園から貴族の子がさらわれたのですから、王家に責任があります。わたくしからも謝罪を述べますわ。それに、ルクリュス様はわが夫にとっては甥にあたります。心配して当然ですわ」

ルリーティアの隣に立った王妃は沈痛な面持ちで短く息を吐いた。

「学園の生徒会長は我が息子ですしね。他人事ではありませんん」

「王妃様……」

ルリーティアは王妃より年が上だが、二人が並ぶとルリーティアの愛らしく可憐な容姿と王妃の威厳ある仕草のためにまるで年齢が逆の姉妹のように見えた。

「夫と息子も捜索に尽力していますし、わたくしも何か役に立たなければと、彼女達に協力を仰ぎましたの」

王妃の言葉に続き、二つの人影が庭に現れた。

「あ、貴女様方は……っ」

歩み寄ってくる二人を見て、ルリーティアは目を見開いた。

「王妃様、お待たせいたしました」

「わたくしにまで声をかけていただけるだなんて、驚きましたわぁ」

「フォックスセル公爵夫人にヴェノミン伯爵夫人？」

驚くルリーティアの隣で王妃は鷹揚に微笑む。

「学生時代、わたくしにとってもっとも手強い強敵であった二人よ」

「まあ。いやですわ、王妃様ったら。お戯れを」

「お二方に比べたらわたくしなど無力な小者ですわぁ」

王妃の言葉を聞いて、公爵夫人と伯爵夫人は「ほほほ」と声を合わせて笑った。

「謙遜《けんそん》はいいわ。貴女達の抜け目のなさと情報収集能力には何度も舌を巻いたものよ。その力を今こそ貸していただきたいの」

「王妃様のご命令とあれば」

「わたくしの娘も狙われたのですもの。絶対に逃がしませんわ」

王妃がすっと片手を上げ、ぱちんと指を鳴らした。

すると、音もなく現れた侍女達が流れるような動きでテーブルと椅子を設置し、目にも留まらぬ速さでティーセットと菓子を並べて再び音もなく姿を消す。

「では、始めましょう。お茶会を」


王侯貴族の女性にとっての力とは即《すなわ》ち情報である。どんな小さな噂も拾い上げる耳と、数多《あまた》の声の中から確度の高いものを見極める目、そして何より友人という名の情報網。その三つが女の戦場における武器である。

「狙われたのがルクリュス様とわたくしの娘ですから、目的が『貴族の可愛い子女』であることは間違いありませんわねぇ」

小首を傾げて伯爵夫人が言う。

「でもぉ、商品には当然、お値段がつくでしょう？　貴族ってだけでも相当に値段が跳ね上がるでしょうに、ルクリュス様やわたくしの娘のような容姿ではとんでもない高額商品になると思いませんこと？」

「確かにそうですわね。――となると、購入できる人間は自《おの》ずと限られるのでは？」

公爵夫人がそう言ってお茶を口に含む。

「国外のお金持ちの長者番付リストとかあればいいのにぃ」

「……いえ。おそらく、この国の人間のはずです」

伯爵夫人の呟きに、ルリーティアは先ほどの推測を打ち明ける。

「購入者がこの国にいるからこそ、この国の学園を狙ったのではないかと……」

「では、この国のお金持ちが購入者で、入念に準備した上での犯行と想定すると、誘拐犯はどこにいると思う？」

王妃の問いかけに、公爵夫人と伯爵夫人が応える。

「王都の近くにいると思いますわ」

「都の周りなら、人に紛れて隠れるのに最適ですものね」

「そうね。王都から兵士が各地に散らばる前に誘拐した子女を隠すとすると……この範囲が怪しいかしら？」

王妃が王都とその周辺の地図をテーブルに広げる。

「思うのだけど、学園に潜入までして顧客の要望に応えるということは、相当なお得意様じゃないかしら」

「だとすると、以前にも商品を購入していますよね？」

「そういえば、この町に住む友人が、近頃は子供の行方不明が多いと漏らしていたことが……」

「あら。わたくしはこっちの町のはずれにある幽霊屋敷の噂を聞きましたわ。夜中に不気味な人影を見たとか」

「この町は近年、人口の増加が著しいと聞くわ。知らない人間を見かけても誰も気にしないのでは……」

四人で顔を突き合わせて、意見を述べていく。

持ち寄った情報は一見バラバラであったが、まとめていくとどうもある一つの町が浮かび上がってきた。

その町の周辺では子供の行方不明が多く、町のはずれにある空き屋敷は幽霊屋敷と呼ばれている。叫び声を聞いたとか夜中に不審な明かりや人影が見えたとかそんな他愛のない噂であるが、他愛がないからこそ信憑性《しんぴょうせい》が高い。

根も葉もない噂であれば、もっと荒唐無稽《こうとうむけい》になるものだ。だって、どうせ噂するなら『ざんばら髪の女の幽霊が襲いかかってきた』ぐらいの派手さがあったほうが楽しいだろう。

「空き屋敷なら、隠れ家にできますわね」

空き屋敷があるのは、街道を通れば王都から数時間でたどり着く町だ。港もなく、国境線にも接していない。王都に近いため人の出入りが多く、馬車が走っていても目立つことはない。

根拠はない。だが、闇雲に捜す前に確かめる価値はあると、ルリーティアは判断した。

＊＊＊

「あなた！」

ルリーティアは庭から戻るなり夫に抱きついた。

「おお、ルリーティア。俺と息子達も今から捜索に加わる。ルクリュスは必ず助け出すから、お前はここで待っていなさい」

ガンドルフは妻の小さな肩に手を置いて優しくなだめた。

結婚した当初から少しも変わらず少女のような見目の妻が不安そうに震えていると、ガンドルフはなんでもしてやりたいという気持ちになる。

それを知り尽くしているルリーティアは、ことさらにか弱く見えるようにしなを作った。

「あなた……お願いがあるの。隣町の、丘の上の空き屋敷を調べてほしいの」

「空き屋敷？」

「ええ。不審者が出入りしているという噂があるの。それに、隣町の周辺では子供の行方不明が頻繁に起きているようなの。気のせいかもしれないけれど、どうしても気になってしまうの」

上目遣いで訴えると、ガンドルフは「ううむ」と顎を撫でて唸った。

「しかし、ただの噂では……」

「何もなければそれでいいの。それに、街道や港湾などはすでに皆様が調べてくださっているでしょ？　同じところを捜す前に、この空き屋敷を見てきてくれるだけでいいの」

お願い、と呟いて、ほろりと一粒の涙をこぼす。

途端にガンドルフは肩を掴む手に力を込めて頷いた。

「わかった！　母親の勘が当たるかもしれないしな！　今すぐその空き屋敷に向かう！」

「ありがとう、あなた」

夫は妻の涙にめっぽう弱かった。

「貴方達も、お父様を手伝ってくれるかしら？」

ルリーティアは夫の横から顔を出して、息子達にうるうるとした眼差しを送った。

ゴッドホーン家の長男から七男まで、ことごとく可愛らしい末の弟を溺愛している。

ゆえに、末の弟によく似ている母にも当然ながら弱かった。

「まかせてくれ！」

「母親の勘は侮れないからな！」

「絶対にルクリュスを見つけ出す！」

「今すぐ隣町に捜しに行くぜ！」

「確かに空き屋敷は怪しいな！」

「行くぞ皆！」

「俺はトラヴィスと一緒にテオジェンナを捜す！」

口々に言って、ガンドルフと共に駆け出ていく。どどどどっ、と、城の中とは思えぬ轟音《ごうおん》が床を揺らした。岩石大移動である。

「皆、頑張って！」

ルリーティアは涙をぬぐって夫と息子達を見送った。


「さすがですわ、ルリーティア様」

「元王女ですもの、あれくらいは」

「無垢《むく》な魅力で男達を動かす……わたくしには真似できませんわぁ」

こっそりと様子を窺っていた三人は、瞬時に男達を操ったルリーティアの手腕に賛辞を送った。

第19話　新たなる強敵

「あそこか……」

猫に案内されてテオジェンナがたどり着いた先には、丘の上に立つ古い屋敷があった。

テオジェンナは屋敷の裏に回り、馬を繋ぐと慎重に中の様子を窺った。

どこからか屋敷の中を覗けないかと思ったが、大きな窓はほとんど木の板で塞がれており、小さな窓から見えるのは廊下ばかり。

「これでは、どの部屋にルクリュスがいるのかわからない……」

中に入って調べるしかないかとテオジェンナが決意しかけたその時、何か小さいものが視界をよぎった。

思わずその動きを目で追いかけると、一匹のネズミがするすると壁を縦に登り、窓枠の上部分にたどり着いてテオジェンナを見下ろした。

ネズミはまるで「ついてこい」とでも言うように「チュー！」と一声鳴いて、窓枠の上を走り出した。

普通なら「なんだ。ただのネズミか」となるものだが、もちろんネズミはただのネズミではなかったし、テオジェンナは普通じゃなかった。

「そうか。ルクリュスが可愛すぎるからネズミもルクリュスを助けようとしてくれるんだな」

あっさり納得すると、足音を立てないようにネズミを追いかけた。

ネズミはある小さな窓の上で止まった。

テオジェンナがネズミの止まった窓にそっと手をかけると、ガタリと音がした。壊れて取れかけていた窓枠に力を加えると、ミシミシと鳴りながらも大きな音は立てずに窓枠を外すことができた。

「よし！　ここから中に入れるな」

「チュー！」

ネズミは先導するように廊下をちょろちょろ走っていく。

テオジェンナも小さな窓をくぐって廊下に降り立った。みしり、と床が軋む。

「こんなお化け屋敷のようなところに閉じ込めるだなんて……小石ちゃんの取り扱い方法をまったく理解していない！　真綿で包み絹で磨くがごとく丁重に扱うことを心がけるのが基本だろう！」

小さな窓から差し込む月明かりでかろうじて見える家の中の様子にテオジェンナは憤った。

しかし、月の光が届くのはごくわずかな範囲で、奥へ進めば真っ暗で何も見えなくなる。テオジェンナは暗闇の中で光るネズミの目を頼りに、壁に手を添えて慎重に一歩ずつ奥へ進んだ。

（明かりがないとこれ以上は無理だな……）

一度引き返すべきか、と逡巡《しゅんじゅん》するテオジェンナの前方で、ネズミの目が暗闇を垂直に上り始めた。

どうやらそこに壁か扉があるらしい。テオジェンナが手を伸ばして確かめると、取っ手らしきものに触れた。

音を立てないように扉をそっと開けると、ほのかに明るい部屋の中央に、二人の男がテーブルを囲んでいるのが見えた。テーブルの上に置かれた小さなランプが男達の顔だけを照らしている。

（あのランプが手に入れば……）

男達は何か食料をつまみながら話している。こちらに背を向けているとはいえ、背後からそっと近づいて、一人を倒して、もう一人が声を出す前に倒せるだろうか。

この屋敷の中に何人いるかわからないが、そう多くはないはずだ。テオジェンナは腰の剣に手をかけた。

「にしても惜しかったな。邪魔さえ入らなきゃよぉ」

「いくら可愛くても男じゃ捕まえても楽しくねえよな。あのご令嬢の怯えた顔が見れると思ったのにな」

愚痴るような男達の会話の内容にテオジェンナの理性は一瞬で焼き切れ、身体が動き出していた。身を屈めると素早く部屋に入り、足音を立てずに男達に忍び寄り、まず一人の首筋に手刀を叩き込む。

「なっ……」

立ち上がりかけたもう一人が声を上げるより早く、鞘《さや》から抜かずに剣先で喉を突いた。

「がっ」

喉を抑えた男がガタガタと音を立てて崩れ落ちようとしたのを、すかさず腹に拳を叩き込んで静かにさせる。

「……ふっ」

椅子に沈み、テーブルに突っ伏した男達を、テオジェンナは冷たい目で見下ろした。

「小石ちゃんを捕まえておいて、楽しくないとは何事だ？　捕まえさせていただけたことを一生涯感謝し続けろ！　貴様らごときが小石ちゃんを捕まえるなど、地獄の業火《ごうか》で千回焼かれても償えるものではない大罪だぞ！」

憤りながらランプを手に取ると、テオジェンナは再び廊下に出た。

＊＊＊

ルクリュスは内心焦《じ》れていた。

ザックはルクリュスをからかうのをやめた後も部屋を出ていかず、扉を背にして座ってしまった。これではうかつに動けない。

ザックは目を閉じて眠っているように見せているが、ルクリュス達への警戒は解いていない。何かしようとすればすぐに押さえつけられてしまうだろう。

逃げるにしても、この暗さの中で出口を探すのは難しい。夜明けの、少し明るくなった時間帯を狙いたいが、窓の塞がれたこの部屋では朝になったかがわからない。

隙を見て飛びかかろうにも、ルクリュスの腕力では弾き飛ばされて終わりだ。フロルならもしかしたら大の男でも倒せるかもしれないが、状況を理解していないお花畑女がこっちの思うように動いてくれる保証はない。

そもそも、フロルは壁にもたれかかってすやすや眠っている。それがまたルクリュスの神経を逆撫でした。

（くそっ、おとなしく助けを待つ他にないのか……）

ルクリュスは己の無力さに歯噛みした。こういう事態を想定して何か仕込んでおくべきだった。

ルクリュスが一人でぎりぎりしていると、不意にザックが目を開けて立ち上がった。

「おい、あいつらまだ飯食ってんのか？」

扉を少し開けて、外にいる仲間に声をかける。

「戻って来ねえなあ」

「チッ。しょうがねえな。呼んできてくれ」

ザックが外の男に命じ、男の足音が遠ざかっていった。

「お前も少し寝ておけよ。商品には元気でいてもらわなきゃ困るからな」

扉を閉めながら、ザックがルクリュスに向かって言う。

ルクリュスが唸り声で応えた、その時だった。


短い呻き声のようなものと、何か重い物が落ちたような音がした。

ザックが勢いよく振り返り、扉に肩をつけて外の様子を窺う。

新たな物音はしない。だが、ザックは真剣な顔つきで壁の向こうを睨んだ後で舌打ちをした。

「来い」

扉から離れたかと思うと、ザックはルクリュスの襟首を掴んで無理やり立たせた。

縛られているふりをしているため、もしも腕を引っ張られたら縄が解けているのがバレてしまう。ルクリュスは冷や冷やしながら、ザックに従うふりをした。

ザックは扉を開けて慎重に廊下に出る。

右手、先ほど物音がしたほうの曲がり角の向こうが明るい。見張りが持っていたランタンの明かりだろう。

ザックはしばしの間動かない明かりを睨みつけ、それからルクリュスの首に腕を回すと曲がり角の向こうに声をかけた。

「出てこいよ。歓迎するぜ」

一寸の間の後、曲がり角の向こうから姿を現した人物を見て、ルクリュスは目を見開いた。

「テオ！」

剣を手にしたテオジェンナはザックとルクリュスの前で足を止めた。

「これはこれは。スフィノーラ嬢。こんなところまで追いかけてきていただけるとは男冥利《おとこみょうり》につきますね」

ザックがニヤリと笑みを浮かべて言う。

「神父……ルクリュスを放してもらおう」

テオジェンナはきりっとした顔つきでザックと対峙《たいじ》する。

「そんなことより、どうやってここがわかったんだ？　貴族のご令嬢に見つかってしまうたあ、自信なくしちゃうな」

ザックは軽口を叩くような口調だが、その奥底には真剣な響きが含まれていた。

「ルクリュスは大いなる自然と生きとし生けるものに愛されている。その導きによって私はここにたどり着いたんだ。スゴイーケンリョークの連中がどんなにすごい権力を持っていたとしても、ルクリュスを捕らえることはこの世界が許さない！」

「すごいー？　何？」

「とにかく、ルクリュスを返してもらおう！」

テオジェンナは剣を構えて吠えた。


その時、ザックの後ろの扉が開いた。

「ふわあ～。皆さん、どこに行ったのですか～？」

目をこしこしこすりながら、フロルが寝ぼけた様子で部屋から出てきた。

テオジェンナはもちろん、ザックも振り向いてフロルを凝視した。

「は……？　あ？　お前ら、縄を……」

「でぇいっ！」

フロルのせいで縄を解いたことがバレてしまった。ルクリュスは咄嗟にザックの顔に手を伸ばした。目潰しを狙ったのだが、届く前にザックに腕を押さえられてしまう。

「ぐっ……」

「どうやって縄を……まあいい。俺としたことが、油断しすぎたぜ」

ザックは舌打ちをすると腰からナイフを引き抜いた。

「おい、侯爵令嬢。妙な真似をすると……」

「かっ」

テオジェンナは剣を構えたままぶるぶる震えていた。目を見開き、ある一点をじっとみつめている。

その視線を追ったルクリュスは、はっと気づいた。

「まさかっ……」

「か……かわいいいぃぃ～っ!!」

真っ暗な屋敷にテオジェンナの絶叫が響きわたった。

「か、かわいいかわいい可愛い!! 銀髪に青い瞳、真っ白いドレス……ゆ、雪の妖精？ 雪ん子？ 雪ん子ちゃんなの？ なんでこんなところに？ え？ まだ冬じゃないよ？ 大丈夫？ 溶けちゃわない？ か、かわっ……可愛すぎて私にはもう何がなんだか」

ルクリュスは頭を抱えて「うがーっ」と喚きたくなった。

そうだった。可愛い子大好きなテオジェンナが、フロルに反応しないわけがなかったのだ。

（くそっ！ 腹黒妖精もどきの次は頭花畑のなんちゃって雪ん子かよ！ どいつもこいつも、僕の苦労も知らずに簡単にテオの心を奪いやがって！）

新たなる強敵の出現に、小石はぎりぎりと歯を噛み鳴らした。

テオジェンナは見たものをすぐには信じられなかった。

扉を開いて出てきたのは、純白のドレスに身を包んだ雪色の少女。

可愛い。可愛すぎる。

（落ち着け、私！　今はそれどころじゃない！　小石ちゃんを助けなければ……ああ、しかし！こんなところに雪ん子が出現するだなんて……はっ！　そうか。雪の女王が可愛い小石ちゃんを助けるために雪ん子を派遣したのね。さすがは小石ちゃん！　しかし、卑劣な連中は小石ちゃんを盾にして雪ん子まで捕らえてしまったに違いない！）

テオジェンナはくっと唇を噛んだ。

「おのれモッテルーナめ！　小石ちゃんだけじゃ飽きたらず、雪ん子まで毒牙《どくが》にかけようと！」

「持ってる……？　何？」

たびたび心当たりのない単語が飛び出すので、ザックは意味がわからず困惑した。

「あら？　どなたですか～？」

テオジェンナに気づいたフロルがことりと首を傾げる。

可愛さの直撃を受けたテオジェンナはがくりと床に膝をついた。

「ぐはあっ！」

「わ、私はっ……こんなところでやられるわけにはっ！」

「俺が何もしなくても倒れてくれそうな気もするが……とりあえず武器を捨ててもらおうか」

ルクリュスの頬にナイフを突きつけて、ザックがテオジェンナを脅す。

「お前の大好きな可愛い顔を台無しにしたくはないだろう？」

ザックはニヤリと笑ってテオジェンナを見下ろした。

テオジェンナがどれほどルクリュスの容姿に心を奪われているかは、偽神父を演じていた時に嫌というほど思い知らされた。

こちらの手にルクリュスがいる以上、テオジェンナは何もできないだろう。

「この可愛い顔を傷つけたくなければ、言う通りに……」

「……かわいい」

ぼそり、と低い声がした。

「かわいい……そうだよ、僕は可愛いよ」

抑揚のない低い声でそう言ったのは、ザックの腕に囚われているルクリュスだった。

「あんまり可愛く生まれすぎちゃってさあ、そのせいでこんな目に遭ってんだよ……ふっ、ははは
はっ」

突然笑い出したルクリュスの不気味さに、ザックは思わず身体を少し離した。

「おい……？」

「相手は可愛い子が大好きなんだから、誰よりも可愛く生まれついた僕なら楽勝じゃん！　と思っていた時期がっ！　僕にもありました！」

いきなり、ルクリュスが顔を上げて天井に向かって吠え出した。

「誤算だったのは、僕が可愛すぎたあまりに相手が頻繁に死にかけることだよ！　死なれるのが怖くて口説くことも出来やしない！　急ぐ必要はないんだからゆっくり落としていこうと余裕で

いたら、妖精だの雪ん子だの邪魔な連中が出てくるしさあ！」

ルクリュスはいろいろ限界だった。何一つうまくいかない。

「所詮、僕なんてテオにとっては、ぽっと出の妖精や雪ん子と同じレベルの『可愛さを愛でる対象』であって、いつまでたってもそれ以上にはなれないんだよ！」

溜まった不満をぶちまけるように、ルクリュスは叫んだ。


自分は誰より可愛く生まれついて、相手は可愛い子が好き。

楽勝かと思いきや。

とんでもなく難攻不落な相手だった。

それだけなら地道に攻めていけばいいと覚悟すればよかったが、妖精だの雪ん子だのと余所見《よそみ》をされてはたまらない。

この上に『わんこ系男子の子犬ちゃん』とか『ふわふわ系男子の綿菓子くん』とかが現れたらどうすればいいんだ。そんな連中が現れて目の前の獲物がかっさらわれたら。

「やってらんないよ、もう！　結局、他に目移りされるんだったら、いっそこんな可愛い顔はいらないよ！　でっかい傷をつけてくれ！　目立つ感じのを！」

「はあ？」

人質にしてナイフを突きつけている少年からの突然の要求に、ザックは戸惑いを浮かべた。

顔に傷をつけるなんてもちろんただの脅しだ。売り物に傷をつけては値が下がる。

テオジェンナはルクリュスの可愛い顔を守ろうとするだろうし、ルクリュスは痛い思いをしたくないはずだ。そう思っていた。

ところが、何を思ったのかルクリュスはザックに向かって自分の顔を傷つけろと言い出した。

「横一文字にズバッと！　頬に十字傷でもいい！」

「ちょっと待て、どうしたんだ、落ち着け」

ザックは思わず人質の少年をなだめた。

「その可愛い顔は大事だろうが！　傷なんてつけたら愛しの侯爵令嬢がショック死するぞ！」

「どんな手を使ってでも蘇生させるからかまわないよ！　もう面倒くさいから顔にでっかい傷を作って『こんな顔じゃお婿にいけないよ〜。ぐすん。テオがもらってくれる？』っていう方向性で行くことにする！」

「そんな決意を固められても！」

「目の前で僕が傷つけられれば『自分がいながら……』っていう罪悪感につけ込めるだろうし！」

「な、なんて汚い手を……」

こんな状況下でえげつないやり方で一人の少女の人生を手に入れようとするルクリュスの性根《しょうね》の薄汚さに、ザックは唖然とした。

そんな卑怯なやり口に利用されてたまるものか。

「そんな弱みにつけ込むようなやり方で相手を手に入れて、幸せになれると思っているのか⁉」

「まっとうなやり方じゃ手に入らなかったんだから仕方ないだろ！　とりあえず手に入れないことには幸せもクソもねえんだよ！」

人質を諭す悪人と、悪人もどん引きするようなことを言う人質。

そんな二人をほけーっと眺めていたフロルは、床に膝をついたままのテオジェンナにてててっと駆け寄った。

「あのぉ、大丈夫ですかー？」

屈み込んで尋ねると、テオジェンナが顔を上げてフロルと目が合った。

「ぎゃあああ！　至近距離で見ると余計に可愛いーっ！　雪ん子がここにいるーっ！　冬の忘れ物！　誰か早く迎えにきてあげて！　雪の女王様ー！　雪の花一つ落としていってるよーっ！」

「コラぁっ！　フロル！　テオの心を惑わすな！」

首を傾げるフロル。フロルの可愛さに正気を失うテオジェンナ。テオジェンナを惑わすフロルに怒るルクリュス。ルクリュスにどん引きするザック。

事態は混乱を極めていた。

第20話　ルクリュスの幸せ

不意打ちの雪ん子登場に脳みそが雪の結晶で埋め尽くされそうになったテオジェンナだったが、「ルクリュスを助けなければ」という思いがギリギリで意識を引き止めた。

「ぐふぅ……耐えろ、私！　小石ちゃんと雪ん子を無事に逃がすまでは倒れるわけにはっ」

テオジェンナはふらつきながらも立ち上がった。

「はあはあ……待っていろルクリュス！　敵は強大だが、私が必ず救い出してみせる!!」

力強く宣言するテオジェンナ。だが、告げられたルクリュスは「ふん！」とそっぽを向いた。

「ルクリュス?」

「テオなんかもう知らない！　僕が目の前にいるのに、他の可愛い子にうつつを抜かすだなんて！」

ザックは「何言ってんだ、こいつ」と思った。

「テオなんて、可愛い子なら誰でもいいんだ！　僕じゃなくてもいいんだ！」

「何を言っているんだ、ルクリュス！　確かに雪ん子は空から降りてきたひとひらの雪の花の化身のごとき可愛さだが、私の幼馴染であるルクリュスと比べられるはずがないだろう！」

「テオの言うことなんて信じられない！　どうせ誰にでも同じこと言ってるんだろう!?」

ザックは「なんか詐欺師に弄《もてあそ》ばれた被害者みたいなこと言い出したな、こいつ」と思った。

「誤解だ！　たとえどんな可愛い子がいたとしても、ルクリュスは特別だ！　この世で一番可愛

い小石ちゃんなんだから！」

「嘘ばっかり！　口では調子いいこと言っておいて、『一番』なんて言われて浮かれている僕を滑稽《こっけい》だと笑っていたんだろう⁉」

「そんなわけがないだろう‼」

ザックは「なんで痴話喧嘩みたいになってんだ、こいつら」と思った。

「だって！　僕が一番なんて言いながら、僕と婚約するのは嫌がっているじゃないか！　テオの気持ちなんて結局その程度なんだ！」

「おい」

「その程度とはなんだ！　私が幼き日から何度死にかけてきたと思っている！」

「おい、お前ら」

「でもどうせ、僕以外の可愛い子の目の前でも死にかけてるんだろう⁉　そうやって誰の前でも節操なく死にかけて……僕の心を弄んでたんだ！」

「節操なくとは何事だ！　そんな簡単な想いで死にかけるわけがないだろう！　それに、どちらかと言えば弄ばれていたのは私の心臓のほうだ！」

「ちょっと待て」

「もういいよ！　テオは僕の望みなんかどうでもいいんだ！　いつも僕の気も知らないで、自分勝手に死にかけてばかり！」

「私はルクリュスを誰よりも可愛くて大切に思うからこそ、ルクリュスが幸せになるための最善の道を選びたいだけだ！」

「いい加減に黙れ」

言い争いの合間にザックが口を挟むが、二人ともお互いの声しか聞こえていない。

悪人に捕まり人質にされた少年と、その少年を救いにきた少女は、悪人の存在を無視して睨み合った。


テオジェンナは唇を噛んで拳を握りしめた。

普段は心優しく素直で、この世の純真さをすべて集めて結晶にしたような存在であるルクリュスが、なぜかテオジェンナに食ってかかってくる。

頬をふくらませた拗ね顔も、今ここでジャンプして空中で五回転半してもいいぐらい可愛いのだが、いつものルクリュスならこんなことで怒ったりしないはず。

（誘拐された恐怖で攻撃的になっているのか……あるいは、まさか、これは反抗期？）

「何考えてるかだいたいわかるけど、恐怖でおかしくなったわけでも反抗期でもねーからっ‼」

テオジェンナが頭の中で考えた内容に、ルクリュスが突っ込みを入れた。

「⁉　なぜわかった？」

「何年一緒にいると思ってるんだよ！　僕はちゃんと考えてるんだ。テオと違って……」

言い当てられたことに驚愕するテオジェンナに、ルクリュスはうつむいて歯を食いしばった。

「テオが何を考えているかも、何を望んでいるかも、死にかけるタイミングも、僕はちゃんとわかりたいと思っている」

ちゃんと理解すれば、誰より近くにいられると思ったからだ。

侯爵を脅迫したのも、生徒会の男どもを牽制したのも、理想通りの可愛い小石ちゃんを演じるのも、すべて。すべて、テオジェンナの一番近くにいるためだ。

「テオにわかってほしかったんだ！　僕が……剣も振れずに倒れる弱い僕だけど、テオがいれば強くなれるんだってこと！」

幼いあの日、自分の弱さに絶望していたルクリュスを救ったのは、テオジェンナの誰より力強い純粋な心だった。

強くなれるのは身体だけじゃない。心でも強くなれると教えてもらったから。

「ルクリュス……」

「……あー、もう。結局、僕ばっかりだ。必死なのは」

ルクリュスはがくりと肩を落として「はあぁ～」と深い溜め息を吐いた。

「あれだけ侯爵や殿下達を脅しておいて、テオの『特別』にすらなれていない……あの腹黒妖精に嘲笑されちゃうな」

「なっ……」

ルクリュスの言葉に、テオジェンナは絶句した。

いろいろ言われて頭の中はこんがらがっているが、これだけは聞き捨てならない。

「私はルクリュスを『特別』に想っている！」

それだけは、誰がなんと言おうと自信がある。

胸を張るテオジェンナだが、ルクリュスは首を小さく横に振った。

「何が特別だよ。僕のことが好きなんじゃなくて、可愛い子が好きなだけだろ」

「そ、それは違う！　私は、私にとってルクリュスは……」

テオジェンナの脳裏に、初めて出会った日からこれまでの、ルクリュスとの思い出がよぎる。

小さくて可愛い男の子。最初は確かにそれだけだった。

「私がルクリュスを好きな理由は、『可愛い』からじゃない……ルクリュスが、『小石』だからだ」

テオジェンナの言葉に、ルクリュスが眉をひそめる。

「つまり、小さくて可愛い小石だから好きなんだろ？」

「違う！　小さくて可愛くても、小石じゃなきゃ好きになっていない。天使でも妖精でも雪ん子でもなく、小石だったからだ」

テオジェンナは拳を握って訴えた。

「子供の頃、ルクリュスが一人で街のほうへ走っていってしまったのを追いかけた時、私はルクリュスが大人の男に詰め寄られているのを見た」

そう言われて、ルクリュスは目を瞬いた。

それはあの日だ。ルクリュスがテオジェンナにひどい八つ当たりをした日。

「それを見た時、私はルクリュスが泣いているんじゃないか、震えているんじゃないかって心配したんだ。だけど、ルクリュスは泣いてなんかいなかった。たった一人で、震えもせずに大人の男をまっすぐに見上げて堂々と立っていた」

その時、テオジェンナは思ったのだ。「なんて強いんだろう」と。

「ルクリュスは、踏まれても蹴られても、決して砕けない——小石の強さを持っている。あの時、そう気づいたんだ。剣を振るうだけじゃない強さがあると知ったんだ。ルクリュスのおかげで」

ルクリュスは唖然としてテオジェンナをみつめた。

ずっと、テオジェンナはルクリュスの可愛いところにしか興味がないのだと思っていた。可愛いから好かれているのだと思っていた。

「私が好きになったルクリュスの強さを、守りたいんだ。私の『特別』だから」

まっすぐな気持ちを伝えられて、ルクリュスは戸惑った。これまでずっと、テオジェンナはルクリュスの可愛さにしか興味がないと思ってきたのだ。可愛さじゃなく中身の強さが好きだと言われても、すぐには信じられなかった。

「と……特別とか言うけど、僕とずっと一緒にいる気もないくせに」

「ルクリュスが望むなら、いくらでも一緒にいるとも！」

「嘘だね。僕のことを『世界で二番目に可愛い子』とやらに引き渡すつもりのくせに」

ルクリュスが不満そうに唇を尖らせる。

「そしたらもう、僕のことなんかどうでもよくなるんだろ？」

「そんなわけないじゃないか！　ルクリュスの運命の相手が見つかっても、私がルクリュスを『特別』に想う気持ちは変わらない！」

テオジェンナは力強く言ってのけた。

世界で一番可愛い小石ちゃんが世界で二番目に可愛い子と幸せになるのを見守る。

それがテオジェンナの人生の目標だ。

「私は、ルクリュスの幸せを守るためならなんでもできるのに……」

「じゃあっ！　僕と、世界で二番目に可愛い子とやらが別々の場所で同時に殺されそうになっていたら、テオはどうやって僕の幸せを守るんだよっ⁉」

「えっ……？」

ルクリュスが吐き捨てた質問に、テオジェンナは面食らった。

どちらを、と問われれば、それはもちろんルクリュスだ。

答えはすぐに出た。

けれど。

それではルクリュスが大切な相手を失って傷ついてしまう。

ルクリュスの命を守ることはできても、ルクリュスの心は守れない。

そのことに思い至って、テオジェンナは愕然とした。そんなことにも気づかずに、軽々しく守ると言ってしまっていた。

「テオに僕の……いや、誰にも、誰かの幸せを守ることなんてできないよ。思い上がるな」

ルクリュスはぎりっと歯を噛みしめた後で吠えるように言った。

「幸せなんて、いつどこであっさり壊れるかわからないんだ。そんなもの外から見てるだけで守れるわけないだろう！」

テオジェンナはぐっと声を詰まらせた。ルクリュスはさらに言い募る。

「僕の幸せを壊したくないんだったら、どれだけ頑丈かわからない誰かをあてがうんじゃなくて、自分が僕の『幸せ』になれよっ！」

ルクリュスはテオジェンナの目をまっすぐに見据えて言った。

「自分の力で何がなんでも僕を幸せにすればいいだろ！『幸せになってほしい』なんて無責任なこと言うな！自分でやれ！僕を幸せにしろ！『特別』だって言うなら、僕の幸せを他人任せにするなよっ！」


その瞬間、テオジェンナが感じたのは、今まで味わったことのない清々しさだった。まるで、強い風に頭の中を全部さらわれたような、心臓を丸ごと洗い流されたような。

自分がルクリュスの『幸せ』になる。

それは、幸せを守るよりも遥かに責任重大だ。

（わ……私で、いいのか？）

自分にその資格があるのだろうか。

「僕は……」

テオジェンナの逡巡を感じ取ったのか、一つ息を吐いたルクリュスが今度は静かに言った。

「僕は、テオの『幸せ』になりたい。……テオは、誰の『幸せ』になりたい？」

少し微笑みを浮かべてそう尋ねられて、テオジェンナは目を見開いた。

自分が、誰かの『幸せ』になれるとして。

「私はっ……」

胸の上で拳を握りしめる。

誰の『幸せ』になりたいか。

答えは、頭で考えるより先に口から飛び出した。

自分が、誰かの『幸せ』になれるとして。

「私は、ルクリュスの『幸せ』になりたいっ」

ルクリュス以外の誰かの『幸せ』になどなりたくないと、魂が叫んでいる。


迷いもなく口にしてしまったが、テオジェンナはすぐに不安にかられた。

「でも、どうすればいいんだ？　私がルクリュスの『幸せ』になるなんて、どうやって……」

「うん。簡単だよ。まずは『婚約』だ！」

ルクリュスは力強く断言した。

「こ、婚約？」

「そう！『婚約』こそ僕を幸せにする早道だ！」

「そ、そうなのか？」

堂々と言い切られて、テオジェンナは目を瞬いた。

「で、でも、私ではルクリュスに似合わない……」

「じゃあ、テオはその辺の吹けば飛んで転んで壊れそうなか弱い女の子を僕の『幸せ』にしろって言うの？　僕の『幸せ』なんて、そんな脆《もろ》いものでいいと思ってるんだ？」

「そっ、そうじゃない！　私は……」

「僕はただ、頑丈でちょっとやそっとじゃ壊れない『幸せ』がほしいだけなのに……テオは叶えてくれないんだ……」

くすんくすん、と、わざとらしく泣き真似をするルクリュスを目にして、テオジェンナの頭が真っ白になった。

元々、ルクリュスがさらわれたショックやスゴイーケンリョークの妄想で頭の中がだいぶふやふやになっていたのだ。

そんなテオジェンナに『小石ちゃんの涙』は空っぽの頭によくない燃料をぶち込まれたようなものだった。


（わ……私が小石ちゃんを悲しませている⁉）

テオジェンナはあまりの衝撃によろめいた。

（私は間違っていたのか⁉　いったいどこから……ああ、そうか。私は可愛い小石ちゃんは可愛い子と結ばれるべきだと勝手に決めつけて、ルクリュス自身の望みを聞いたことがなかった）

己の過《あやま》ちに気づき、テオジェンナは涙を流した。

（ルクリュスが自分で選んだ相手こそがふさわしいに決まっているじゃないか！　私はただ彼の想いを尊重すればそれでよかったんだ。たとえ、相手がどんなに屈強な岩石であっても。小石ちゃんの望みこそが最優先だったのに！）

そんな当たり前のことに気づくまでに、ずいぶん時間がかかってしまった。

「すまないルクリュス！　私が間違っていた！」

「じゃあ、婚約してくれるかな？」

「ああ！　それがルクリュスの望みならば！」

感極まってだくだく涙を流しているテオジェンナは、もしかしたら会話の内容をあまり理解していないのかもしれないが、そんなことルクリュスには関係ない。その場の勢いであろうが雰囲気に流されたのであろうが、とにかく「ああ」と言ったのだ。

「しゃあ!!　言質とったああーっ!!」

長かった。あまりにも長く不毛な戦いだった。だが、ついにルクリュスは勝ち取ったのだ。

「今の聞いたな！　ちゃんと証人になれよ！」

そこでようやく、ルクリュスは自分を捕らえている男に話しかけた。

「……俺は何に巻き込まれたんだ？」

痴話喧嘩としか言いようのない言い争いに口を挟めずに取り残されていたザックが、げっそりした表情で呟いた。


今の今まで存在を忘れられていた――否、おそらくルクリュスは忘れていたのではなく意図的に無視していた――ザックはふつふつと怒りを募らせた。

「茶番はおしまいにしてもらうぜ」

ザックはルクリュスを引き寄せて改めてナイフを突きつけた。

「婚約おめでとう、と言いたいところだが、お前達は商品だってことを思い出してもらわねえとな。悪く思うなよ」

低い声で脅すザックに、ルクリュスは怯えることなく声を張り上げた。

「フロル！」

「はい～？」

テオジェンナの横で先ほどから「これが修羅場ですのね～」と目を輝かせていたフロルがゆったりと振り向く。

「こいつからナイフを取り上げろ！」

「あら～？　確かに、人に刃物を向けちゃいけませんよ～？」

フロルはのんびりした口調で言いながら、ザックに歩み寄る。

「おいおい。何するつもりだ？　危ないから近寄るんじゃねえよ」

怯える様子もなく近づいてくるフロルに面食らい、早口で忠告するザック。テオジェンナも慌ててフロルを止めようとする。

「危ない！　下がって……」

「はーい。刃物はお片づけしましょうね～」

ザックの前で立ち止まったフロルが目にも留まらぬ速さでナイフに手を伸ばし、指先で刃をつまんだ。

そして――

ばぎぃっ、と、刃を根元からへし折った。

「……は？」


あまりの早業に微動だにできず、呆然としたザックが呟く。

フロルはそのまま、折れた刃を折り畳んだ。

ばぎがじゃぼぎっ

耳障りな音が響く。

フロルは柄だけになったナイフを握るザックに、手のひらの上で粉々になった刃の残骸《ざんがい》を見せてにっこりと微笑んだ。

「これで安心ですね～」

「な……何をしたお前ぇえっ!!」

ありえない出来事を見せつけられて混乱したザックがフロルに掴みかかる。

フロルはなんなくそれを避け、流れるような動作で自分より大きな男の腕を掴み軽く背負い投げた。

床に叩きつけられたザックが「ぎゃふっ」と呻く。

「テオ！　押さえて！」

「あ、ああ」

テオジェンナがザックを押さえつけ、その隙にルクリュスが隠し持っていた縄で手首を縛り上げた。

「これにて一件落着！」

ルクリュスが声高らかにそう言った。


悪者を捕らえてほっと安堵の息を漏らしたルクリュスだったが、次の瞬間、闇の中から伸びてきた腕がテオジェンナを捕らえた。

「ガキどもが……舐めた真似しやがって……」

怒りの形相を浮かべて闇の中から現れたのは、テオジェンナが気絶させたはずの男達だった。

（しまった！　もう目が覚めたのか？）

テオジェンナは男の腕を振りほどこうともがくが、逆に力を込められて苦しげに呻いた。

「テオ！　テオを離せ！」

「うるせえ！　売り物の分際で！」

「チビ共はその部屋に戻っておとなしくしてろ。こっちの勇ましいお嬢ちゃんには、さっきの礼をしなくちゃいけねえからな！」

男達がニヤリと笑った。

一転して絶体絶命のピンチに陥ったテオジェンナは「くっ……」と呻いて顔を歪ませた。

その時だった。

どどどどど……


地響きのような音が近づいてきて、屋敷が揺れた。

「なんだ？」

「地震か？」

男達が怪訝《けげん》な顔で辺りを見回す。

揺れが収まったと思ったら、今度はどこからともなく『ドガッ』『メキメキメキッ』『ガタンッバキンッ』と、何かを叩き壊すような音がして、さらにその音がどんどん近づいてくる。

「な、なんだ⁉」

うろたえる男達の目の前で、壁が吹き飛んだ。

「む！　見つけたぞルクリュス‼」

派手な音と共に壁を突き破って現れたのは筋骨隆々の大男だった。

「ジークバルド兄様！」

ルクリュスが叫ぶ。

そう、壁を破壊したのは岩石その1。

「本当だ！　おい皆！　ルクリュスがいたぞ！」

「ガイウス兄様！」

窓に打ち付けられていた木の板と思しき木材を真っ二つに叩き割る岩石その2。

「ルクリュス、ここか⁉」

「デュオバルド兄様！」

蝶番《ちょうつがい》ごと扉を吹き飛ばして登場する岩石その3。

「無事でよかった！」

「オーガスト兄様！」

どこで叩き折ってきたのか、柱のような木材を担いで歩いてくる岩石その4。

「怪我はないのか？」

「ダミアン兄様！」

天井を踏み抜いて、上から降ってくる岩石その5。

「かわいそうに、怖かったろ！」

「ギリアム兄様！」

下から床を粉砕して登ってくる岩石その6。

「な……な……」

突如現れた岩石兄弟に、テオジェンナを捕らえていた男達は顔を青くして後ずさった。予期せず六つの岩石に取り囲まれたら、人間は恐怖するしかない。

「てめぇら、よくも……」

「俺達の可愛い弟を……」

「――お前達、下がっていろ」

ずん、と、足音と共に床が――いや、家全体が揺れた。

ずしん、ずしん、と、重低音を響かせながら、六つの岩石を凌駕《りょうが》する迫力の巨魁《きょかい》――岩石その0・オリジン　ガンドルフ・ゴッドホーンが登場した。


『ひいいいぃぃぃいっ!!』


男達はあまりの恐怖に悲鳴を上げて腰を抜かした。

「父様！」

「ルクリュスぅぅぅっ!!　無事だったかあっ!!　待っていろ！　今この不届き者共を倒してやるからなあっ!!　もう何も怖くないぞぉっ!!」

ガンドルフは小石ちゃんに甘々な岩石どもの元祖である。迫力が違った。

腰を抜かして戦意喪失した男達に、もはやなすすべはなかった。

第21話　フロルの正体

誘拐犯達は捕らえられ、テオジェンナ達は丁重に王都に送り届けられた。

「ルクリュス！　テオちゃんも！　無事でよかったわ！」

「はわあっ！　可愛さの化身が走ってくるぅっ！　美の極致！　私はここで倒れるが悔いはない！」

ルリーティアが可憐に駆け寄り、テオジェンナが倒れた。

テオジェンナは可愛い小石ちゃんにそっくりの母、ルリーティアにももちろん激弱である。

「テオちゃん！　ルクリュスのためとはいえ無茶しちゃダメじゃない！」

「天使の説教……っ！　小言なのに天国へ誘われるような甘やかな声音……っ！　くっ……意識が遠のくっ……！」

昔からのことだが、好きな女の子が自分の母親にはあはあしているのを見るのはいつまでたっても慣れないな、と思いながら、ルクリュスはその光景を眺めた。

（まあでも、言質は取ったし）

今のルクリュスには余裕がある。

後はテオジェンナが正気に戻る前に正式に婚約を整えてしまえばいいだけだ。

家に帰ったら早速書類を作って……と考えていると、ルクリュスの無事を喜び合っていた父と兄達が再びどこかへ出ていく気配を見せた。

「父様達、どこへ行くの？」

ルクリュスが尋ねると、ガンドルフは複雑な表情で振り向いた。

「すまんなルクリュス。そばにいてやりたいのはやまやまなのだが、父様と兄様達はすぐに王女の捜索に加わらなければならんのだ」

「王女？」

ルクリュスは首を傾げた。

そこへ、口を挟んだ人物がいた。

「隣国の王女が行方知れずでな」

そう言って、まっすぐに歩み寄ってきたレイクリードがルクリュスの前に立った。

「殿下」

「無事でよかったな、ゴッドホーン侯爵令息」

颯爽と現れたレイクリードに、倒れていたテオジェンナが腹筋を使って飛び起きる。

「殿下。ルクリュスをさらった連中のもとに囚われていた少女を保護して連れてきました。彼女です。見ての通り、か、可愛……ああ愛らしいぃぃぃぃ！　可愛さの結晶！　雪ん子です雪ん子！」

テオジェンナはフロルをレイクリードに引き合わせて頭を掻きむしった。

レイクリードはフロルに向き直るといたわりを込めて声をかけた。

「心配しなくていい。保護された被害者はきちんと家まで送り届ける。ただ、君はゴッドホーンより前に捕まっていたそうだから、少し話を聞かせてもらいたい」

「はい〜」

フロルはゆったりと微笑んだ。

「では、まずは名前を聞かせてもらえるか？」

「私の名前は〜フロル・ノースヴァラッドといいますわ〜。お手間をかけますけれど、ノースヴァラッド王国まで送っていただけるかしら〜？」


『フロル・ノースヴァラッド』

その名前を聞いたレイクリードはガチリと硬直した。

目下、国中に兵をばらまいて探し求めている人物。ノースヴァラッド王国のフロル姫。

言われてみれば、銀の髪と抜けるように白い雪の肌はノースヴァラッドの王族の特徴だ。

横で聞いていたテオジェンナとルクリュスもあんぐりと口を開けた。

誰もが口をきけずにいる中で、フロルだけが何事もないようににこにこして妙案を思いついたというように手を打った。

「そうだ〜。ついでだから、王太子殿下にお願いが〜。お見合いはナシの方向で〜」

「え？　あ、ああ」

レイクリードはぱちぱちと目を瞬いた。

「うふふ〜。私、自分の旦那様は自分で見つけたいのです〜。運命の相手なら、出会った瞬間に『ぴっしゃーんっ！』てなると思うので〜」

なんともお花畑らしいことを言うフロル。

しかし、相手から縁談を断ってくれるなら助かると、レイクリードは早々に頭を切り替えて頷いた。

「承知した。では、迅速にノースヴァラッドへ戻れるように手配するので……」

とりあえずフロルを客室に案内し、丁重に扱わなければとレイクリードが動きかけたところに、どたどたと二人分の足音が響いて、侯爵家から駆けつけてきたロミオとトラヴィスが駆け込んできた。

「ルー！　無事でよかった！」

「ロミオ兄様！」

ロミオが満面の笑顔でルクリュスを抱きしめる。その横を足早に横切って、トラヴィスはテオジェンナの前に立った。

「テオジェンナ……」

「兄上。ご迷惑をおかけして申し訳ありません」

「……」

トラヴィスは眉間に深いしわを刻んで、妹を鋭い目つきで見下ろした。厳《いか》めしい表情だが、別に激怒しているわけではない。常日頃から無口無表情なトラヴィスは、何か喋ろうとすると必要以上に難しい顔つきになってしまうのだ。

たっぷりの無言の後で、トラヴィスは「……いい」とだけ呟いた。

簡潔にもほどがあるが、テオジェンナは兄の態度に慣れているので、その一言に「無事でよかった」「心配したぞ」という意味が含まれていることが読み解ける。しかし、テオジェンナ以外の女性にもこの無口っぷりなので、スフィノーラ侯爵家の嫡男だというのに結婚相手がなかなか決まらないでいる。

そんなトラヴィスに、ふらぁ～っと引き寄せられる者がいた。

「あ、あのぉ～。お名前をうかがっても～？」

雪のごとき頬を薔薇色に染めたフロルが、目をきらきら輝かせてトラヴィスを見上げた。

エピローグ

ルクリュスはこめかみに青筋を浮かべて笑顔を引きつらせた。

誘拐事件から三か月が経つ。ごたごたしている間にさくさくとテオジェンナとの婚約を整えて、順風満帆《じゅんぷうまんぱん》な日々を過ごしていたルクリュスの前に現れた人物は、相も変わらずのんびりとした口調で首を傾げた。

「ですから〜、お父様にお願いしたのです〜。愛しいトラヴィス様のおそばにいたいです〜って」

本日、ルクリュスのクラスに留学生としてやってきたフロル・ノースヴァラッドは、「なんでここにいる!?」という質問に照れ笑いしながら答えた。

国際的な人身売買組織が摘発され、複数の国々で多数の逮捕者が出た。

顧客となっていた金持ちなども芋づる式に捕まり、しばらくの間は国の中も外も騒がしかった。

その騒ぎもだいぶ下火になってきた頃に不意打ちで現れた雪ん子に、ルクリュスは腹の中で舌打ちした。

「百歩譲って留学はよしとして、なんで同じクラスにならなきゃいけないんだよ！　腹黒妖精の相手だけでも疲れるっていうのに！」

「あら、ルクリュス様。腹黒な妖精なんてどこでお見かけしたのかしら？　うふふ。イケナイお薬で幻覚でも見たのでは？」

「イケナイお薬ですか～。私達にはそういうのはまだ早いですわよ～？　もっと大人になってからにしましょう～」

イライラを隠さない腹黒小石。笑顔で毒を吐く腹黒妖精。頭の中に花が咲いている天然雪ん子。ルクリュスの台詞《せりふ》は三人以外のクラスメイト全員が内心で叫んでいることだ。なぜこんな厄介《やっかい》な連中を一つのクラスにまとめるのか、と。

見た目だけなら、そこだけ別世界かと思うほど極上に愛らしい。見た目だけなら。

だが、遠くから見るだけならともかく、同じクラスで過ごすのはちょっと遠慮したい。クラスメイト達の本心だ。

「チッ。だいたいトラヴィス様には振られてるんだろ？　とっとと諦めて国に帰れ」

「あら～？　振られたんじゃありませんわ～。はかばかしい返事をまだ得られてないだけで。奥手なところも素敵ですわ～」

フロルがうっとりと頬を染めた。そこへ、

「ルクリュス。今日は生徒会がないので一緒に帰り……ぎゃあああっ！　雪ん子がいるぅぅっ！なぜここに⁉　小石ちゃんが妖精と雪ん子と一緒に……こ、これが両手に花というやつか⁉　いや、しかし、真ん中の小石ちゃんの可愛さも両脇に負けないどころかむしろ真ん中にふさわしい可愛さで、つまりこれは可愛さの花束っ……？」

「ちょっと、やめてよ！」

自分の婚約者が可愛い女の子に囲まれているのを目にして奇声を上げて仰け反る侯爵令嬢に、その婚約者が苦言を呈す。

「嫉妬しろとまでは言わないけどさ！　僕をこの二人とまとめて愛でるのはやめろ！」

「はあはあ……す、すまない。しかしこの世の理《ことわり》をねじ曲げるほどの可愛さが発生している……。この可愛さの波動を浴び続けては私は長く生きられないかもしれない……。それはそうと、なぜフロル王女がここにいるんだ？」

テオジェンナは額の汗を拭いてフロルに尋ねた。

「トラヴィス様のお嫁さんになるために留学してきたんです～」

「ぐふぅっ！　照れて頬を染める雪ん子、スーパー可愛い！　こんな可愛い子が私の兄上を……待てよ。ということは」

ふと、重大なことに気づいたテオジェンナは驚愕に目を見開いた。

「雪ん子が兄上と結婚して、妖精がロミオと結婚したら……私はルクリュスの婚約者なわけだから、つまり……雪ん子が兄嫁になり、妖精が義兄嫁になるってこと!?」

とんでもないことだ。

「なんだその『可愛い包囲網』は!?　よく考えたら義母も可愛いんだぞ!?　私に耐えられると思っているのか!?　親族で集まるたびに生命の危機だぞ!?　……だ、誰かが、いや、世界が私を殺そうとしている!?」

あまりの事態に世界を疑い出したテオジェンナに、ルクリュスは肩を落として溜め息を吐いた。

あの誘拐事件以来、二人の関係性は少し変わったが、テオジェンナは変わらない。相変わらず、可愛い子に弱いし、ルクリュスの前で頻繁に死にかける。

ちょっと腹は立つけれど、それがテオジェンナなのだから仕方がない。

「ほら、テオ。早く帰ろう」

「あ、ああ。ルクリュス」

へたり込むテオジェンナに手を差し伸べると、素直に掴んできた。そのことに少し満足する。

「テオジェンナ様、またロミオ様のことで相談に乗ってください」

「テオジェンナ様〜、トラヴィス様のお好きなものを教えてくださいませ〜」

「はうう……妖精と雪ん子が潤んだ瞳で私を……！　そんな目で見られては、私の内なる獣が目を覚ましてしまう……！」

「そろそろ浮気にカウントするぞっ⁉」

ルクリュスはテオジェンナの手を引いて駆け出した。背後からセシリアとフロルの声が聞こえてくるが振り返らない。

邪魔者は手強いし、婚約者は余所見ばかりだけれど、負けるものか。最後に笑うのはルクリュスだ。

ただの小石と侮るなかれ。ルクリュス・ゴッドホーンは愛しい少女を手に入れるためならどんな手でも使う強い意志と、決して諦めない意地を持つ、偉大なる『岩石侯爵家の小石ちゃん』なのだ。

描き下ろし番外編

記憶を失くした婚約者

Gunjinreijoha
Toshishitaosananajimiga
Kawaisugite
Kyomohinshidesu!

カーテンの隙間から朝の光が差し込む。

テオジェンナは小鳥のさえずりに目を覚まし――たわけではなかった。


「一睡もできなかった!!」

寝ていなかったのである。


目をらんらんと見開いて寝台から起き上がったテオジェンナは、頭を抱えて朝にはふさわしくない声で吠えた。

「とうとうこの日が来てしまった!! 私はいったいどうすればいいんだ!!」

なんの日が来たかというと、婚約日である。

すなわち、テオジェンナ・スフィノーラとルクリュス・ゴッドホーンの婚約が正式に結ばれる日だ。

どうすればいいって、両親と共にゴッドホーン家に赴いて婚約書類にサインしてくればいいだけなのだが、テオジェンナはまるで今日が最後の審判の日であるかのように苦悩していた。

「とうとうルクリュスに婚約者ができてしまう! あああああ!」

『ルクリュスに婚約者ができる』。いつかはそんな日が来ると覚悟していたつもりだったが、実際にその日が訪れると胸が掻き乱される。

テオジェンナの叫びを聞いた者は『ルクリュスの婚約者になるのはテオジェンナ本人なのだか

ら、苦しむ必要などないではないか』と思うかもしれないが、違うのだ。

婚約相手が誰であろうと、『婚約者のいないルクリュス』と会えるのは今日が最後なのだ。テオジェンナは『婚約者のいないルクリュス』との別れを惜しんで苦悩しているのだ。

「もちろん！　婚約者がいようがいまいが、小石ちゃんの愛らしさはなんら損なわれることなく今日も明日も過去も未来もこの世で一番可愛いことに変わりないが！　それはそれとして、今日でルクリュスの人生が一つ決められてしまうという現実に、私はっ――!!」

「おはようございます、お嬢様。早く着替えてくださいい」

入室してきた侍女がてきぱきと朝の支度を始める。

スフィノーラ家の使用人はお嬢様が寝台の上でえび反りになっていたぐらいで動じたりはしないのだ。


「はあはあ……おはようございます」

「おはよう、テオジェンナ。あまり朝から体力を消耗しちゃ駄目よ？」

食卓につくと母のラヴェンナがゆったりと微笑んだ。父であるギルベルトは普段通りの厳しい表情だ。

「トラヴィスとゴッドホーン家の兄弟達は仕事で来られないが、ようやく婚約が結ばれると皆喜んでいる。これからゴッドホーン家に向かうが、気心の知れた相手なのだからできるだけ心を平静に保って乗り切るように」

「はい。婚約宣誓書にサインするまでは何がなんでも命を落とさないように気をつけます」

近所の家に婚約しにいくだけのはずなのだが、戦場に赴くような覚悟を固めるテオジェンナの台詞に、ギルベルトが溜め息を吐いた。

＊＊＊

幼い頃から数えきれないぐらい遊びに来ている近所の家。

幾度となくくぐった扉を、しかし今日は「婚約のため」にくぐるのだ。

テオジェンナはきりっと顔を上げ一歩足を踏み出し、勢いよくその場に手をついた。

「本日は私のような者がこの世で一番可愛いご子息と婚約を結ばせていただく運びとなり、一介の岩石である私が恐れ多くも唯一無二の存在である小石ちゃんの婚約者と名乗ることへのお許しを賜りたくっ」

「早い早い！　テオ、玄関をくぐる前に平伏しないで！　せめて家の中に入ってからやって！外から見えるから！」

両親と共にスフィノーラ家を出迎えたルクリュスが慌てて駆け寄ってきた。

「はっはっはっ！　ようやくこの日が来たな！　めでたいな！」

「本当ね。テオちゃんもちゃんと二本の足で立っているし、大丈夫そうね」

ルクリュスの父ガンドルフと母ルリーティアはテオジェンナの状態を確認してほっと安堵の息を漏らした。

なにせ、幼馴染で相思相愛の相手と今日まで婚約を結んでいなかったのは、ひとえに「テオジエンナの命が心配」という理由だったからだ。

「まだ油断はできないぜ。とっとと済ましちまおう」

テオジェンナが暴走した時の抑え役兼蘇生係として待機していたロミオに促され、一同は広間に集まった。

「堅苦しいことはすっ飛ばして、テオジェンナの息があるうちにまずサインをさせよう」

「任せろ！　今ならまだ手の震えも抑えることができている！　だが、長くは保たないかもしれない！　私が自分の名を書けるうちに早くペンを！」

普通は両家の挨拶から始まりあーだこーだと口上が続くのだが、ロミオはさっさとテオジェンナのサインだけは確保しておこうと速やかに動いた。正しい判断である。

差し出されたペンを取り、テオジェンナは婚約宣誓書に向き合った。

（さあ書くぞ！　これを書けば私は正式にルクリュスの婚約者になる。誰にはばかることなくルクリュスを幸せにするために生きられるように——くっ、重い！　責任の重さに、ペンが砕けそうだ……っ）

一文字、一文字、書くごとに手の震えが大きくなり、文字がぶれないように抑えるのが難しくなってくる。

（耐えるんだ！　最後の一文字を書くまで、私は倒れるわけにはいかないっ……くっ！　気が遠くなってきた……っ）

自分の名前を書くだけでなぜか意識を失いそうになっているテオジェンナの隣で、ルクリュスはこれまでの苦労を思い返してしみじみと感傷に浸っていた。

（ようやくここまで来たなあ。長かった……まだまだこれからも苦労は尽きないだろうけど、婚約者の立場でなら今までより強気に周りを牽制できるし、あの蜘蛛女にもうでかい顔はさせない……）

今までとこれからのことを考えていたルクリュスの横で、突如テオジェンナがばたーんっと倒れた。

「やっぱり倒れたか」

「まあ、そうよね」

「名前はちゃんと書いてあるから大丈夫だ」

「次はルクリュスよ」

両親達は何事もなかったかのようにサクサクと作業を続ける。ルクリュスは「やれやれ」と肩をすくめてテオジェンナを助け起こした。

「テオ、大丈夫？」

「う、うう……」

ルクリュスの手を借りたテオジェンナが呻きながら起き上がった。

「わ、私は……」

「僕もサインしようっと」

「私は……いったい……？」

「よし、書けた！」

「ここは、どこ……？　私は誰……？」

「は？」

サインを終えたルクリュスが振り向くと、呆然と立ち尽くしているテオジェンナと目が合った。

＊＊＊

「記憶喪失だあ⁉」

可愛い息子の婚約を祝うべき日にガンドルフは素《す》っ頓狂《とんきょう》な声を上げた。

「倒れた時に頭を打ったのか？」

「いや、テオジェンナは横向きに倒れたから頭は打っていなかった。おそらくは外傷が原因ではなく、ルクリュスとの婚約という現実に精神が耐えきれなかったんだろうと……」

「ねえ、ロミオ兄様！　その言い方はちょっとおかしい！」

それではテオジェンナがルクリュスとの婚約を記憶を失うほど嫌がっているみたいではないか。

「ていうかなんなんだよ！　なんで婚約しただけで相手に記憶を喪失されなくちゃいけないんだよ⁉　いい加減にしろ‼」

さしものルクリュスも、自分と婚約したショックで記憶を失《な》くされてはやっていられない。

（僕をなんだと思ってんだ！　一応、傷つく心もあるんだぞ！）

両親達が医者の説明を聞きに別室に移動したため、ルクリュスは憤懣を抱えながらロミオと話し合った。

「とにかく、記憶を戻さねえとなあ。どうするか……」

ふーむ、と腕を組んで悩んでいたロミオが、何かを思いついたようにぽんっと手を打った。

「よし！　こうしよう！」

＊＊＊

テオジェンナは少し離れた位置から話し合う兄弟を眺めていた。

自分は現在記憶を失っているらしい。両親らしき人達は別室で医者と話しており、とりあえずじっとしていろと言われたものの落ち着かない。テオジェンナの見張りを任されているのは、体格のいい岩石のような青年と、小柄で可愛らしい男の子。

どうやら彼ら兄弟と自分は幼馴染だったようだ。

「うーん、思い出せない……」

頭の中に靄がかかったようで、彼らのことも自分のこともわからない。

ただ、小さな男の子を見ていると、胸がざわざわと騒ぐ気がする。何かが暴れているような、油断すると噴き出してきそうな――

「テオジェンナ！」

胸に手を当てて首を傾げるテオジェンナの前に、青年が立ちはだかった。

「俺はロミオだ。お前に見せたいものがある」

そう言ったロミオに手を引かれ、テオジェンナは二階の一室に案内された。後ろからルクリュスもついてくる。

ロミオはその部屋の壁を叩いて朗らかに言った。

「これが、お前が七歳の時に頭突きしてぶち破った壁だ！」

「な、なぜ、私はそんな真似を？」

記憶を失う前の自分は侯爵令嬢だったと聞かされていたのだが、いったい何があったら侯爵令嬢が他人様のお家の壁を頭突きでぶち破ることになるのか。

「この時は確か、『ルクリュスの髪のちょこんと跳ねた寝癖が可愛い』って叫んで壁に頭突きしたんだったたな」

「寝癖が可愛くて頭突きを⁉」

その説明にテオジェンナは戸惑ったが、ルクリュスは「そんなこともあったな」という表情になった。

「どうだ？　壁を見て何か思い出したか？」

「いや、さっぱり」

ロミオは「駄目か」と残念そうにしているが、どうしてそんな壁を見せて記憶が戻ると思ったのだろうとテオジェンナは疑問に思った。

「我が家に刻まれた『ルクリュスが可愛すぎて荒ぶったメモリー』を思い出せば、ルーの可愛さで芋づる式に記憶が蘇るかと思ったんだが」

めちゃくちゃな理論を述べるロミオに呆れるテオジェンナだったが、隣でルクリュスがロミオの作戦に「なるほど」と頷いている。

（今ので納得できるのか？）

疑問符を浮かべるテオジェンナを余所に、ロミオは「じゃあ次だ！」と言って歩き出した。

テオジェンナを南側の日当たりのいい部屋に連れ込んだロミオは、しゃがんで床を指差した。

「よく見てくれ、ここ。ほら、ちょっとへこんでいるだろう？」

確かに、床の一部がかすかにへこんでいた。

「これが何か……」

「テオジェンナが九歳の時に、『ソファでうたた寝しているルクリュスが可愛い』って言って床に拳を打ちつけた時の跡だ」

「私は幼馴染がうたた寝する姿を見て興奮して床をへこますような女だったのか……？」

テオジェンナは頭を抱えた。もしかして、自分はこの家族にすごく迷惑をかけていたんじゃないだろうか。


にわかに不安になったテオジェンナは、背後のルクリュスの様子を窺った。目が合うと、ルクリュスは琥珀色の瞳をやわらかく細めて微笑んでくれた。

（うっ……！）

ずきゅぅぅぅんっと、心臓が大きく跳ねて、テオジェンナは胸を押さえて息を詰めた。

「まだ思い出さないのか」

ロミオはがりがり頭を掻くと、今度はテオジェンナを一番長い廊下に連れていった。

「ここで私は何を？」

もはや記憶を失う前の自分が信用できないテオジェンナは壁や床を眺めてへこみや破壊された跡を探した。

「ここは『ルクリュスが小走りで駆け寄ってくるのが可愛い』という理由で当時十一歳だったテオジェンナが端から端まですごい勢いで転がって行ったり来たりしているせいで『掃除ができない』とメイドがぼやいていた廊下だ！」

「あの、この家の方々はなぜ私を出禁にしないんだ？」

壁を壊し床をへこませ廊下を転がるような女を家に招き入れては駄目だろう、とテオジェンナは思った。

「その頃には俺達もだいぶ慣れてたもんなあ」

ロミオが「がははは」と笑う。

テオジェンナはちらちらと横目でルクリュスを盗み見た。確かに人一倍……いや、他人と比べられないほど——この世で一番と言っていいくらい可愛い男の子のようだが、彼の一挙手一投足で正気を失うほど自分は彼に惚れ込んでいたのか。記憶を失う前の自分がそこまで彼に惚れていたのなら、もしかして……

ある可能性に思い至ったテオジェンナは不安に駆られてうつむいた。

「そういや、こんなこともあったなあ」

主階段の前に立ったロミオが記憶を懐かしむように目を細めた。

「階段から下りようとして一段目で足を踏み外したルーを、階段の下にいたテオジェンナが七段飛ばしで駆け上がって支えた時はびっくりしたよな。十三歳とは思えない敏捷《びんしょう》さだって兄貴達も褒めてたぜ」

「よかった。いいこともしてたんだ、私」

迷惑をかけているメモリーしかないのかと思っていた、とテオジェンナは胸を撫で下ろした。

「テオ、まだ思い出さない？」

ルクリュスがひょこっとテオジェンナの顔を覗き込んできた。

視界に飛び込んできた明るい色の髪と飴のような色の瞳に、テオジェンナの心臓がどきっと跳ねる。

「かっ」

「か？」

「か、あ、いや。なんでもない」

何か自分の口から飛び出そうな気がしたのだが、言葉にはならなくてテオジェンナは「んんっ」と咳払いして誤魔化した。


そんなテオジェンナを、ルクリュスはじっとみつめる。

記憶を失ったテオジェンナはどういうわけかルクリュスに対する態度が常識的なものになっている。幼い頃の初対面であれほど『可愛い』と荒ぶったのだから、テオジェンナの可愛い子好きは生まれつきのものだと思っていた。生来の嗜好《しこう》であれば記憶の有無は関係なくルクリュスを見て荒ぶりそうなものだが、現在のテオジェンナはルクリュスへの感情を抑えているように見える。

（まさか、記憶を失った代わりに理性が強化されたわけじゃないだろうな……）

代償として記憶を差し出さなければ得られないものなのか、テオジェンナの理性は。

ともあれ、せっかく婚約が成立しためでたい日なのだから、そろそろ思い出してもらいたい。

「次はどこを見せようか？　ロミオ兄様」

「そうだな。あ、あそこはどうだ？」

ロミオがぱちん、と指を鳴らした。

＊＊＊

「ほら、テオジェンナ。ここ覚えてないか？」

ロミオはテオジェンナをサンルームに連れてきて尋ねた。

明るい陽光の降り注ぐ気持ちのよい場所だが、テオジェンナの頭は相変わらず靄がかかったままだ。

「すまない。何も」

「えー？　お前が十五歳の時、この光あふれるサンルームで読書しながらお前が来るのを待っていたルーの姿を見て『ルクリュスを照らすために空から降り注ぐ神聖なる光にあふれたこの空間に、私のような汚れたゴミムシが足を踏み入れては一瞬で光に灼《や》かれて消滅してしまう！』って言い出したんだぜ」

「あ。それ、僕も覚えてる。『このままだと光に灼かれるから』とか言って一度家に帰っちゃって、その後で遮光カーテンを頭から被《かぶ》って怪しい闇の魔術師みたいな格好で戻ってきたよね」

ルクリュスの記憶にも、サンルームに厚く重たい布を纏った不審者でしかないテオジェンナが入ってきた時の驚きが残っている。

「闇の魔術師とお茶しているみたいな気分になって嫌だったし、暑い日だったからテオが脱水症状で倒れやしないかと心配だったよ」

「そうなる前に俺がサンルームから引きずり出して遮光カーテンを剥ぎ取ったんだけどな」

ルクリュスとロミオは当時のことを思い出して頷き合った。

「私が言うのもなんだが、よくそんな変な女と仲良くしてくれていたな……」

およそ侯爵令嬢とは思えない奇矯な行動ばかり繰り返している自分を知ったテオジェンナは、そんな自分とずっと仲良くしてくれている兄弟の懐《ふところ》の広さを心底不思議に思った。

「テオは奇行も多いけど、いつでもまっすぐで誰より善良な人だから」

ルクリュスがテオジェンナの顔を見上げてにっこり笑った。

「僕はテオが大好きだよ」

「はぅあっ!!」

テオジェンナは喉元に込み上げてきた何かよくわからない感情を抑えるために天を仰いだ。

(なんだ!?　さっきから彼を見るたびに何かを叫び出してしまいそうになる！)

おそらく、記憶を失う前の自分はこの衝動を抑制することなく表に出していたのだろう。

だとしたら、やはり——

「す、すまないロミオ。少しの間、ルクリュスと二人で話をさせてくれないか」

テオジェンナの希望通りにルクリュスと二人だけで庭に出る。

新鮮な空気の中で深呼吸をした後で、テオジェンナは意を決して切り出した。

「ルクリュス。恐れずに正直に言ってくれ。記憶を失う前の私に脅されたり怖い思いをさせられていたんじゃないか？」

「うん？」

ルクリュスが目を瞬かせた。

「だって、壁を壊したり床をへこませたり廊下を転がったりする女と、君のような愛らしい子が婚約者だなんて……法が許しても神がお許しにならないだろう！」

テオジェンナは罪の重さにわなわなと震えた。

自分が記憶を失ったのも、罪の意識に耐えかねてのことだったのではないだろうか。

そう訴えるテオジェンナを見るルクリュスの瞳に、すっと影が宿った。

＊＊＊

想像してもらいたい。

「自分はふさわしくない」と言い張る強情者を長年の苦労の末に口説き落とし、ようやく婚約が成立したと思ったら相手が記憶喪失になり、また同じ内容を繰り返されている。

テオジェンナは悪くないかもしれないが、ルクリュスにもちょっとばかしうんざりする権利ぐらいはある。

「テオ。ちょっとこっちに来てくれる？」

ルクリュスはにこぉーっと笑ってテオジェンナを手招いた。

大きな木の前にテオジェンナを立たせて、ルクリュスはにこにこ笑みを浮かべたまま片手をどんっと木の幹についた。

「テオ。僕はルクリュス・ゴッドホーンだ。勇猛なる岩石侯爵家の八男が、君のような女の子に脅されたぐらいで怯えて言いなりになるはずないだろう？」

ルクリュスは木の幹にテオジェンナの背を押しつけて笑顔で凄んだ。

＊＊＊

木を背にしてルクリュスに迫られたテオジェンナの鼓動が乱れた。思いがけないルクリュスの行動に頭が真っ白になり頬に熱が集まる。至近距離で見たルクリュスは満面の笑顔だ。

（か……顔がっ、可愛いっ!!）

ルクリュスは「凄んでいる」と思っているが、テオジェンナからしたら「とっても可愛い生き物が愛らしい顔を寄せてくれている!!　何これ幻覚!?　こんなことが現実にあるはずが……そうか。この世のすべては儚い夢のようなもの……」である。

「テオ、聞いてる？」

「はぅあーっ！　すぐ近くで可愛い声がっ！　目も耳もすでに限界だっ！　こ、これ以上は……っ！」

ルクリュスは精一杯男らしく振る舞っているつもりなのだが、テオジェンナの頭の中は『可愛い』という感情でいっぱいになった。

（あああ可愛いとは思っていたけど近くで見ると本当に可愛いっ！　この世のものとは思えない！　はっ！　もしかして私はもう死んでいるのでは⁉　目の前にいるのは本物の天使で私の生前の罪の重さをはかっているのでは……いや、何を言っているんだ私は）

テオジェンナは冷静になろうと一度ぎゅっと目をつぶった。

だが、まぶたの裏に焼きついたルクリュスの笑顔が消えず、テオジェンナは混乱に陥った。

（ああ！　なんで私は彼の可愛さにこんなにも心を掻き乱されるんだ⁉　確かに小石ちゃんは可愛いが……小石ちゃん？　小石ちゃんってなんだ？）

不意に浮かんだ不思議な言葉に、テオジェンナははっとした。

（小石ちゃん……小石ちゃんは……）

「テオ？」

ルクリュスが顔を覗き込んでくる。

目が合ったその瞬間、胸の奥から湧き上がってきた巨大な感情が、テオジェンナの口から噴き出した。

「あああーっ‼　小石ちゃんが可愛いぃぃーっ‼」

サンルームで待っていたロミオは、庭から響いたその叫びを耳にして「お。思い出したかな？」と呟いた。

＊＊＊

「すまない。迷惑をかけた」

記憶が戻ったテオジェンナは神妙な面持ちでルクリュスとロミオに頭を下げた。

「小石ちゃんの可愛さが眠った記憶を目覚めさせてくれた。さすがはルクリュスだ」

「んで、記憶を失った原因は何なんだよ？」

ロミオが尋ねる。

「それはおそらく、可愛い小石ちゃんと婚約するプレッシャーで魂が壊れないように、一時的に脳が記憶を封印したのだろう」

「原因もやっぱり僕かよ」

ルクリュスは複雑そうに肩をすくめた。テオジェンナの記憶が戻ったのはいいものの、渾身の『木ドン』も結局は可愛いと思われて終わりだ。ちょっとおもしろくない。

「ねえ、テオ」

ルクリュスはさんざん振り回されたお返しに、とびっきりの笑顔でパチリと片目をつぶってみせた。

「いつかは僕のこと、『カッコいい』って言わせてみせるから！」

「——はぁうっ!!」

可愛い男の子のちょっと生意気な発言（ウインク付き）という攻撃に、テオジェンナはあっさりと気を失い地面に倒れたのだった。

あとがき

はじめまして。荒瀬ヤヒロと申します。

このたびは本書をお手にとっていただき、誠にありがとうございます。

本作はもともと『岩石侯爵家の小石ちゃん』というタイトルで、いくつかの小説投稿サイトに掲載させていただいたものです。皆様に読んでもらえて、応援していただけたおかげで書籍にしていただくことができました。

書籍化にあたりより内容にマッチしたタイトルにパワーアップしています。好きな男の子の幸せのために一生懸命なヒロインと、彼女を振り向かせたいヒーローが、困難に立ち向かいながら想いを確かめていくお話です。

両思いなのになかなかくっつかずに周りをやきもきさせる二人。純粋で純情でまっすぐなヒロイン。ヒロインを見守る一途なヒーロー。

そんな王道の少女漫画のような心ときめくピュアな恋物語となっております。

ところで、純粋すぎる相手に振り回される腹黒キャラっていいですよね。私は好きです。

もちろん、腹黒に利用される常識人キャラも大好きです。レイクリード殿下やスフィノーラ侯爵には気の毒だけどこれからも頑張っていただきたいですね。

小石・妖精・雪ん子など、様々なキャラが登場しますが、読んでくださった皆様がお気に入りのキャラを見つけて楽しんでいただけていれば幸いです。

最後になりましたが、イラストを担当してくださった黒裄様、可愛いキャラクター達を描いていただきありがとうございました。可愛いシーンだけじゃなく腹黒な表情もあり、楽しくて素敵なイラストで本書を彩ってくださいました。

編集のS様。本作を目に留めていただきありがとうございます。まだ連載半ばの段階でお声をかけていただき、無事に完結するまで見守ってくださったことに感謝しております。大変お世話になりました。

その他にも、本書の書籍化に携わってくださった皆様に御礼申し上げます。

それでは、またいつかお会いできることを祈って。

ここまでお読みいただきまして、ありがとうございました！

二〇二三年七月吉日　荒瀬ヤヒロ

PASH! ブックス

強いと思って結婚したら、皇帝の隠し子とか聞いてない!!
暴れん坊令嬢の溺愛成り上がり冒険譚!

貧乏騎士に嫁入りしたはずが!?　①～②
～野人令嬢は皇太子妃になっても熊を狩りたい～

著：宮前 葵　イラスト：ののまろ

侯爵令嬢でありながらワケあって田舎の領地で育ったラルフシーヌは、ずば抜けた運動能力と負けず嫌いな性格で、村のガキ大将として名を轟かす「野人令嬢」である。13歳になり、しぶしぶ参加した帝宮でのお披露目式でも暴れ周ったことで、騎士・セルミアーネに見初められ帝都に嫁入りする羽目に。しかし貧乏騎士だったはずの彼は、実は現皇帝の隠し子で――!?　規格外の皇太子妃となったラルフシーヌは帝国の常識を次々と覆していく!

このダサすぎる反応は……君、男性経験ないだろ
男性不信令嬢×女たらし商人 じれ甘純愛コメディ

領地を立て直したい
嫌われ者のお色気令嬢は
成り上がり貴族に溺愛される

著：玉川玉子　イラスト：駒田ハチ

貧乏子爵令嬢のディアンドラはグラマラスな色っぽ美女。「下品で、エロくて、ふしだらな女」と噂され、寄ってくるのは体目当てのクズばかり。本当は情事どころか恋も知らず、領地のために日々奮闘する堅物令嬢なのに……。ところが商人貴族のロバートだけは、女たらしならではの嗅覚で彼女の真実を見抜き――!?チャラいようで実は内面を見ているロバートに、ディアンドラは閉ざしていた心を少しずつ開いていく。第10回ネット小説大賞受賞作！

PASH! BOOKS《パッシュブックス》

URL https://pashbooks.jp/
Twitter @pashbooks

この本を読んでのご意見・ご感想・ファンレターをお待ちしております。
＜宛先＞〒104-8357　東京都中央区京橋 3-5-7
（株）主婦と生活社　PASH! ブックス編集部
「荒瀬ヤヒロ先生」係
※本書は「小説家になろう」（https://syosetu.com）に掲載されていたものを、改稿のうえ書籍化したものです。
※この作品はフィクションであり、実在の人物・団体・法律・事件などとは一切関係ありません。

PASH! ブックス

軍人令嬢は年下幼馴染♂が可愛すぎて今日も瀕死です！

2023年8月14日　1刷発行

著　者　荒瀬ヤヒロ
イラスト　黒裄
編集人　山口純平
発行人　倉次辰男
発行所　株式会社主婦と生活社
〒104-8357　東京都中央区京橋 3-5-7
03-3563-5315（編集）
03-3563-5121（販売）
03-3563-5125（生産）
ホームページ　https://www.shufu.co.jp
製版所　株式会社明昌堂
印刷所　大日本印刷株式会社
製本所　株式会社若林製本工場
デザイン　ナルティス（井上愛理）
編集　堺香織